炽热的心

——怀巴金

纪 申著

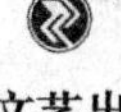

四川文艺出版社

图书在版编目（CIP）数据

炽热的心：怀巴金 / 纪申著. — 成都：四川文艺出版社, 2019.1（2022.4重印）
ISBN 978-7-5411-5197-2

Ⅰ. ①炽… Ⅱ. ①纪… Ⅲ. ①散文集－中国－当代 Ⅳ. ①I267

中国版本图书馆CIP数据核字（2018）第240151号

CHIRE DE XIN------HUAI BAJIN

炽热的心——怀巴金

纪 申 著

策　　划　周立民　陈　武
责任编辑　苟婉莹
责任校对　汪　平
装帧设计　孙豫苏
责任印制　唐　茵

出版发行　四川文艺出版社（成都市槐树街 2 号）
网　　址　www.scwys.com
电　　话　028-86259285（发行部）　028-86259303（编辑部）
传　　真　028-86259306

邮购地址　成都市槐树街 2 号四川文艺出版社邮购部　610031
印　　刷　阳谷毕升印务有限公司
成品尺寸　130mm × 205mm　　开　　本　32 开
印　　张　8　　字　　数　140 千
版　　次　2019 年 1 月第一版　　印　　次　2022 年 4 月第四次印刷
书　　号　ISBN 978-7-5411-5197-2
定　　价　28.00 元

目 录

读巴金《序跋集》有感

前些日子写过一篇介绍文化生活出版社的文章，因为这家出版社过去出版过多种多样的丛刊、丛书，对新文学的积累有那么一点儿贡献，引起了人们的关心与重视。而这些丛刊、丛书又都是巴金主编的，他做过这家出版社十多年的总编辑。我在这个出版社也工作过多年，有责任把自己所知道的东西实事求是地写出来，既可为新出版业提供一点史料，又能替研究巴金的专家们贡献一点素材。文章算写好交了卷，可意犹未尽，往事历历引起思怀。恰好前两天翻阅花城出版社不久前出版的巴金《序跋集》（花城文库），发现书中所收的《“六人”译后记》与我手边的《六人》（五版）一书的后记不尽相同，被删略了一大段，近六百字之多。因之可以断定《序跋集》所根据的《六人》一书，至少是五版后印出的新版本了。

那被删略去的文字一开始就写道：“三年前开始翻

译这本书，工作时断时续，到今年（指四九年）五月才译完最后的一章。这本小书的翻译并不需要那么多的时间。事实上我执笔的时候并不多。我的时间大半被一个书店的编校工作占去了。不仅这三年，近十三年来我的大部分的光阴都消耗在这个纯义务性的工作上面。（有那些书，和那些书的著译者和读者给我作证。）想不到这工作反而成了我的罪名，两三个自以为很了解我的朋友这三年中间就因为它不断地攻击我，麻烦我，剥夺了我的有限的时间，甚至……这本书的翻译就是在这种朋友的长期折磨中进行着的。……”单从这段文字看：（一）说明巴金确实在出版社做过十三年的编辑工作，而且是纯义务的，恐怕这还是较早地出现在他的文章里的关于编校工作的自白；（二）不难看出巴金在写小说，搞翻译，办书店，做编辑，所经历的道路也不是那么平坦的，受到的“干扰”与“折磨”是不小的，他颇为苦恼、冤屈，因做了那么多的工作，不为朋友所理解。关于这方面师陀同志今年 4 月在《贺巴金获“但丁国际奖”》一文中也提起过。两相映照，《后记》提供了更多的史实。《六人》是 1949 年 9 月印出的。译稿发排后不久巴金即去北京开第一次全国文代会。所以在《后记》中他又写道：“但我至今没有倒下来，至今还能够工作，那是因为除了这几位朋友外，我还有着许多别的朋友，而且也因为我相信我的工作。”因为有自信心，才能坚持到底。即使在十年浩劫里经受着更大的折磨，更多的苦难，他还是挺过来了。“坚持就是胜利”这是萧珊对他的嘱咐。可是要挺过来也不是那么容易。此后巴金也并不是就一帆风顺了。今年《福建文艺》第十期还刊登了他的《随想录之九十一·最少的“干扰”》。他仍然为一些新的“干扰”而苦恼着，使他无法安静下来完成自己的著、译计划，怕对不起读者，对不起人民。

话至此还得说回来。《后记》之被删略，当然总有他因的。但由此而产生了“异文”，这就值得注意了。偶读黄裳《榆下说书》(三联新书)，给我以启发。他在《读“题跋”》一文中说因发现商务影印的《四部丛刊》与原版本竟有差异，因而得出了两条经验，其中一条是“……看来版本还是值得研究的，因它有助于提供真实的历史资料”。从《六人》译后记一文看版本，不也说明黄文之言不谬。因而也就使得我来多谈几句，供有兴趣于此的朋友参考吧。

1982 年 11 月

《巴金六十年文选》编后琐谈

该是去年的9月下旬，大概是二十五六号吧，社领导找我谈话，下达任务，说出版社近两三年内将多方面地介绍巴金，已经有了三个选题，务期分别尽快完成，要我负责协助。首先是明年想出一本巴金散文杂文选，多选影响大而书店又难以买到的《随想录》中的文章，再编选一些过去发表而又未收过专集的短文，比如50年代脍炙人口的杂文等。这样选本有了个人的特色，就不同一般了。考虑到巴老年高体弱，又在病中，不便去麻烦他，要由他自选恐怕难以如愿。要我同小林合编，再请巴老最后审定。任务必须完成。

老实说，站在“公”的立场，像这样谋出版、定选题，我举双手赞成，一个出版社应该有自己的目标，创自己的风格。出书理应成龙配套，系列化。为思想建设树新风，为文化建设做积累。更重要的是不能“一切向钱看”，只是为了赚钱，而要对两个文明建设做更多、更大的贡献。作为上海的出版社，回顾过去，我们在介绍巴金方面的确是做得很不够的。当然其中有多种多样的原因，我不想在这里妄加议论。我自己倒应先作个检讨，对这件事，我从来就不那么积极，而是有些顾虑，避嫌疑，思想不解放啊！近两年来，我们出版社有了改变，出版了《巴金论创作》，后又印行了《巴金论》。而今更进一步有了新计划、新选题，要多方面地介绍这位住在上海的著名老作家。对此我能不拥护，能不赞同吗？

可是从“私”的方面讲，我又有了新的顾虑，因为我知道这任务不轻。领导是看重我和巴金的亲属关系，“近水楼台先得月”嘛，而这正是我的为难处，因为我多少了解一点巴老的个性、为人，特别是当前他的一些具体情况。为了尽快写完五本随想录，他经历了多么大的痛苦与煎熬，尽了多么大的努力，即使病中也未曾停止过思索，放下过笔。五年计划花费了八年才完成，再加上种种外界的干扰，真是耗尽了他的心血。当他写竣最后一本《随想录》时，家里人都为他大大舒了口气，希望他能就此停笔一时，好好休养一年半载。他自己也做了这样的打算。医生也曾一再建议，让巴老到外地疗养。再说，他对重印旧作素来不那么热衷积极。“文革”后更不愿多印、再印。“四人帮”一粉碎，他首先决定十四卷文集的停版。1982 年十卷自选集的编选，是因四川人民出版社李致的一再要求与动员，他才勉强答应。“全集”的编选也另有因由。后来在一篇短文里，巴老还提到，小林因此笑过他。可见他自己也处于矛盾与为难之中。而今我再去动员他编选散文杂文集子，真是无法启口，于心不忍。当时我心里十分矛盾，如何才能公私兼顾完成这项任务，这的确费了我不少心思。先找小林商量吧，她很忙，工作任务重，身体又不太好；更可能的是她根本就不赞成，那岂不把事弄僵。我思来想去，唯一的办法，还是先打通老兄（巴金）这一关。于是我把出版社的意图、希望、打算等委婉地向他阐明。果然他说：“我的文章已印过多少次了，不要再炒冷饭了吧。不要让你们出版社赔钱啊！”出书也不能只为了赚钱嘛。我告诉他这次编选本由我先动手选出篇目，征得小林意见后，再请他过目审核，这样他就不会花费多少心思淘神了。几经劝说总算得到了他的同意。我这才松了一口大气，得以复命交差了。直到读了《代跋》后我才真正理解到他的许诺是多么的沉重，他为此而“准备再到油锅里受一次煎熬”。

取得巴金同意后我即着手翻阅有关作品。好在我有一个优越的条件，他的各种各样的选本集子，我几乎都收藏得有，即使尚未出书的《无题集》(《随想录》第五册）的目录也可以向他要来底稿。我唯一的希望是能让读者从这个选本中看到，在作家漫长的生活道路中他的部分写作历程与思想变化。不说有较全面的容貌，至少也得有个粗略的概观。我从二百多万字中选出了三十多万字（实际数字），大大超过了原定的字数十万字，而不少佳篇、名文，还不得不有所割爱。我几易底稿，终于在10月中旬编出，先送领导审阅，听了意见再作调整。然后重抄送给小林去看。这时她刚陪同父亲自杭州小住回沪，不几天她退还给我说，她没什么意见，已经给爸爸看过了，并在一处我重列了的篇目旁画上了记号，可见她是认真看过的，我心安了。篇目既定，立即将选定的作品拿去复印，为发稿用。50年代那组杂文全是老邢同志一篇一篇从旧报刊上寻找出来的。这时社领导认为选文既自1927年起迄止于1986年的《随想录》第五册《无题集》，正好说明巴金从事写作有六十年了。这是值得纪念的。于是决定这本书提前在年内（1986年）印出。出版社立即召开一次各部门联系会议，把出书时间定死，要求一环接一环，分别负责完成。书名也更为《巴金六十年文选》，分随想录、杂感、散文、序跋、演讲、书信，内容又作了一番调整与补充。书信因系朋友往还的私函，公开发表的不多，时间又过紧迫，故仅仅收选了六封。

在编选期中我常去巴金家，不时把我如何编选本书的情况告诉他。即使最后在个别篇章中的个别地方作一点技术处理，也向他作了解释、汇报，取得他的认可。他用余一笔名发表的那组杂文，我误记为1957年上半年，他却清楚地指明是在1956年的下半年，刊在哪张报纸、哪份期刊上。有的文章不仅篇名讲得出，连刊排错了的字句都能道清，予以纠正。1958年应《文艺报》约写的《法斯特的悲剧》一文，要不是他主动提示，我差点给忘了。他还要我连那篇小小检讨也收进去，并回忆起当时写这篇文章的前前后后，使得我真不知说什么好。往事如烟，八十二岁的老人记性比我还好，思路的清晰真叫我咋舌。在更改书名时，我特地去征询他的意见，他也不是贸然点首，而是沉思片刻，问我选文的写作年月。我答以选有他去法国前写的那篇《再见吧，我不幸的乡土哟！》，它不正是写于1927年，距今刚好六十年？他这才首肯。他定居在上海的时间最多，我编选作品时有意选了三个不同时期写的有关上海的四篇文章。第一篇是告别祖国首途赴法时写的；第二篇乃描述半殖民地上海的畸形社会现象：《一九三四年十月十日在上海》；第三篇写于1938年，为生活在日侵略军铁蹄下孤岛上的青年鼓舞斗志，篇名：《“重进罗马”的精神》；第四篇《上海，美丽的土地，我们的！》则是作家满怀热情歌颂解放十年后的社会主义上海新貌。校样排出来了，我又特地送去几经调整补充定稿后的新目次，连来不及排上目次的六封书信也口头上作了补充说明，请他再次审阅，并求他为本书写上几句话，以代前言或后记。我未曾催问过一次，因他在《无题集》后记上已声明搁笔了。而他竟及时赶写出《代跋》短信交我。我迫不及待地读着，边读又边感不安，欣喜之情退去了，涌上心头的是一股说不出的激动，泪水不由盈眶，我想这样我倒真欠下他一笔债了，使得他那衰老的病体竟因我而将再受煎熬。更使我明白一条道理：要真正了解一个人是多么的不容易，何况他还是个伟大的作家。尽管我们是兄弟，相处几十年，我还是经他的引荐踏进出版界，又干上编辑这一行。而今我也白了头发，毕竟处境不同，素养悬殊，还有不够理解，不够明白他苦心之处。想到此，我多希望读者能从本书看到老作家那颗真诚而苦痛的心啊！

书编好了，又如期出版，果然厚厚一册。封面端丽大方，新颖显目。从发稿到出书仅用了四十五天。这在当前出版界应是破纪录的吧。出版社为了庆祝书的出版，更为了纪念老作家从事创作六十年专门举办了一次面向读者的大型报告会（1987 年 1 月 5 日）。会外卖书，一个多小时竟当场售出 582 册。这又是一件意外的事。由此可见“出书”与“卖书”都并不是那么“难”，盖事在人为而已。《重视全国人民的精神食粮》乃作家 1956 年所写的那组杂文中的一篇，正是针对那时的出版发行工作情况的有感之作。时隔三十年，重读此文，想想当前出版发行工作中的某些现象，不免叫人不胜感叹。看来“改革”对我们的工作是多么迫切的需要。

回忆 1978 年夏初去西南组稿，拜访过一位部队作家，交谈中，他对我说："最近重读巴金小说《家》，想不到又有了新的认识。好作品确实经得住时间的考验。"可我们在本书的一篇文章里会发现巴金自己也曾经认为《家》已经完成了它的历史使命，过时了，哪知生活与现实改变了作家看法：眼看封建意识的余毒还继续在危害我们社会主义社会，高老太爷的鬼魂仍到处游荡。反封建主义的作品依旧具有现实意义。《家》并未过时，人们照旧喜爱，即使在"文革"期中，也有青年冒着危险偷偷阅读。作家只得在另一篇短文里承认自己的无知，也说它并未过时了。否定肯定、一反一复，作家的思想也在变化。巴金还这样说："作家有权否定自己的作品，读者也有权肯定作家自己否定的作品，因为作品发表以后不属于作家个人。"优秀的文学作品都是人民的精神财富。人的认识总是随着客观事物的转换而起着变化的，要了解一位作家，我认为最好从他的作品中去寻求与发现。前面提到的四篇写上海的文章，不就可以从另一方面看到作家的变化。但观其前后，却又可以看出作家对事物的基本态度自始如一。那就是表现在作品中的爱和憎的强烈，是与非的分明。巴金对旧的东西，丑的东西，不合理的制度，凶恶的敌人，总是恨之甚烈，而对祖国、对人民、对社会主义的美好新事物，不仅爱得那么热切，且越来越显得深厚。作家在《愿化泥土》一文中回忆说："一九二七年一月在上海上船去法国的时候，我在《海行杂记》中写道：‘再见吧，我不幸的乡土哟！’一九七九年四月再访巴黎，住在凯旋门附近一家四星旅馆的四楼，早饭前我静静地坐在窗前扶手椅上，透过白纱窗帷，看到窗下安静的小巷，在这里我看到的不是巴黎的街景，却是北京长安街和上海的淮海路、杭州的西湖和广东的乡村，还有成都的街口有双眼井的那条小街……每天早晨都是这样，好像每天回国一次去寻求养料。”话写得质朴、真诚，充满了深情。他是那么热爱他的祖国。即使对不幸的旧中国，他也要说：“我恨你，我又不得不爱你！”作家有一条终生不渝的信念：“人活着，总得为祖国、为人民做一点事情。”在《激流》总序里作家也这样表白过：“我有我的爱，有我的恨，有我的欢乐，也有我的痛苦。但是我并没失去我的信仰，对生活的信仰。”巴金一生热爱生活，生活激起他的激情，激情贯串在他的全部作品里，这形成了巴金作品固有的风格。因而拨动着读者的心弦，激起共鸣的强音。

六十年的创作道路是漫长的，作家的生活历程，更是坎坷艰辛的。他的思想也随之起着各样的变化。不幸的是他也曾喝过“迷魂汤”，以至失去了本来的面目，可生活教育着他，鼓舞着他，使他逐渐清醒过来，恢复了本来面目，重新充满强大的自信。这是一次异常痛苦的心理历程。真了不得啊！被迫“搁笔”十年后的巴金重新握笔，那来自内心的激情，表现在文章里就显得愈益深沉、浑厚了。难怪张光年赞曰：“真是力透纸背，情透纸背，热透纸背。”王元化说：“不论鲁迅的讽刺和巴金的激情在文学风格上存在着多少悬殊，但有一点是共同的，那就是他们都有着分明的是非和强烈的爱憎。”我认为：这是巴金一贯认真学习鲁迅先生的结果。巴金一向尊敬鲁迅先生，一再表示向鲁迅先生学习，他说：“我勉励自己讲真话，卢梭是我的第一个老师，但是几十年中间用自己的燃烧的心给我照亮道路的还是鲁迅先生。我看得很清楚：在他，写作和生活是一致的，作家和人生是一致的，人品和文品是分不开的。”直到前不久，他还对青年作家说：“这个新文学的奠基人鲁迅先生，就是我们的榜样，先生敢想、敢说、敢写。他从来不用别人的脑子替自己思考问题，他更不曾看行情，看别人脸色写文章。他探索、追求，勇于解剖社会，更勇于解剖自己，为了社会的进步，他用笔作为武器战斗了一生。他用作家真诚的、热烈的心指引读者走生活的道路。他从不装腔作势，讲空话、假话。在他的作品中我都看到作家的艺术的良心，他的作品是经得住时间考验的。”巴金就把随想录的第二册和第三册分别命题为《探索集》和《真话集》。他还劝告青年同行“不脱离社会，远离读者”，“说自己说的话，写自己真实的感受”。巴金一生都在追求、探索。他把读者当作朋友和熟人，写作品就是向朋友和熟人吐露自己的真实感受。他的早期作品《我的呼唤》就是个极好的例证。这应是真实的自白，诚恳的吁请。虽是写给他哥哥的，不也可以看作是面向广大的读者么？五十年后在《序跋集》再序里他还这样说：“五十几年我一直记住一句‘格言’：你实在想说什么，就写什么吧。翻开几十年中间自己写的那些长长短短的序跋，我觉得我基本上还是说了真话的。”巴金所谓的说真话，就是把“心交给读者”，“讲自己心里的话，讲自己思考过的话”。由于多种因素，他也有过违心之论，说过不少空话、假话，这也是当时形势使然，而他并不想借此推脱赖账，反而努力自省争取“还债”，因之在回忆过去，剖析自己的时候就感到十分痛楚、苦恼了。要说真话不容易，要不说假话更难。正是痛定思痛，使他想起十几岁时读林琴南翻译小说中的一句话：“奴在身者，其人可怜；奴在心者，其人可鄙。”他发现在十年“文革”中自己竟然变成“奴在心者”，“而且是死心塌地的精神奴隶”。话实在太沉痛了，读之令人心酸。在终于走出了“牛棚”后他说：“我不一定看清别人，但我看清了自己。虽然我十分衰老，可是我还能用自己的思想思考。我还能说自己的话，写自己的文章。我不再是‘奴在心者’，也不再是‘奴在身者’。我是我自己。我回到我自己身上了。”从这类作品中我们不难看到巴金律己之严，更体会到他那经历折磨的苦痛的心。可贵的是他在剖析社会时，是把自己放进去的，先从自身开始而且那么严格、无情，甚至是残酷地毫无保留地深刻地解剖自己的灵魂。作家汪曾祺读《随想录》后说："我看他的书，很痛苦。好多年没这种感觉了。他始终是个流血的灵魂。"这正说明巴金是把他的灵魂展示在读者面前，真诚而深刻地剖析自己的思想历程。由于他在分析生活现象和社会现象时紧密地把自己的思想联系在一起，这些作品不仅有了高度的真实、真诚的思想感情，而且包含有一种深沉的历史感。读起来感人至深不说，还启人自省，产生对作者的崇敬之情。冯牧评曰："他不是像普通人那样，对人对事只以自己的利益得失作为参照，而是站在历史的高度来观照生活，观照时代，观照社会。"

巴金总说自己不是文学家，不怕别人把他赶出文学界。（"四人帮"恨他、怕他，一心想把他赶出文学界，还想置他于死地）他说："我写作一不是为了谋生，二不是为了出名。我写作是为着同敌人战斗。""一切旧的传统观念，一切阻止社会进步和人性发展的不合理的制度，一切摧残爱的努力，它们都是我最大的敌人。"由此看来巴金思考的经常是生活。尽管十年"文革"中生活给他以极大的痛苦，至今还折磨着他，但他并不因而悲观、失望，逃避生活（虽然他也曾想到过自杀）；在不断的反思中反倒使他更加懂得生活的意义，更加热爱生活了。他信心十足地走向生活。因为浩劫已过，十一届三中全会以来，万木逢春，人性复苏，这一切预示着美好的未来，充满了新的希望，“可以做的事，应该做的事更多了”。

巴金认为人生在世应该是“给予”多于“收入”。他说：“人活着不是为了‘捞一把进去’，而是‘掏一把出来’。”这是他和朋友交往中得出的结论。巴金素重朋友、珍惜友情。他说：“对于我来说，友情是我生命中的一盏明灯，离了它，我的生存就没有光彩，离了它我的生命就不会开花结果。”三年前我偶读《朋友》一文，把它跟当时作者为祝贺在东京召开的第四十七届国际笔会写的一篇短文作了个比较，发现两文相距五十一年，不仅歌颂友情之心如一，且热情洋溢之词句也颇相似。这不单证明两文一脉相承的渊源，还可以看到这位八十高龄的老作家胸中跳动着的，仍是二十九岁时那样年轻的、火热的心。只是经历的岁月久了，交往的朋友更多了，因而友情这个词的含义也起了大的变化，早已迈出个人之间的局限，扩展到超出国界的人民与人民之间的范畴。读者这些作品我们会看到友情是怎样扰动着巴金的心，即使在“文革”的寒冷黑夜里，在苦痛折磨着他的病榻上，当他想到那些慷慨无私的友爱，那些有着黄金般心地的朋友，那些总是忘我地“掏一把出来”的人，他就会感到温暖，获得力量。促使他不断思考，不断探索，严格地解剖自己，纯洁自己的心灵。他宣言，他愿做一根燃烧的火柴给人间一点温暖，愿意化作泥土，留在人们温暖的脚印里。因之我在一篇短文的末尾写道："要了解巴金这样的作家，我看还是多读他的作品，哪怕一篇小小的短文。"今天在编选本书后，更加深了我这一看法。重读这二百多篇作品，真是思绪纷飞，不知从何说起。尽管作品写作的时代不同，表现的形式多样，但都有一个共同点：真情、真话、真知，作者努力要做到"写作和生活的一致，作家和人生的一致，文品和人品的一致"。

巴金在《靳以选集》序的末尾写过这样的话："凡是忠实地反映了当时社会生活的作品，凡是使人热爱祖国和人民、热爱真理和正义的作品，都会长久存在下去。"我看这几句话也适用于他自己的作品。我还要补充说：尽管他自己历经坎坷，遭受巨大的心灵创伤，他那字里行间充满着的热爱生活，热爱祖国，热爱社会主义之情是炽热的，真挚的，纯洁清白的，处处扣人心弦的，也一定会受到广大读者欢迎的。

1987年3月13日

小小解说

《西班牙的黎明》本为《新艺术丛刊》的第二种，是30年代中叶巴金自费编印的。由平明书店发行，文化生活出版社总经售。这套《丛刊》共印画册四种：1.《西班牙的血》，2.《西班牙的黎明》，3.《西班牙的苦难》，4.《西班牙的曙光》。分别选自西班牙画家加斯特劳（Castelao）和辛门（Sim）的速写画册中。原画册乃巴金友人先后寄送给他的。加斯特劳的画先后编印为《西班牙的血》和《西班牙的苦难》。辛门的画则编为：《西班牙的黎明》与《西班牙的曙光》。加斯特劳的画偏重于描绘西班牙人民在外来的侵略者铁蹄下，遭受到的残酷迫害，表现了男男女女老老少少所经历的痛苦与悲哀；辛门的画则记录浴于血与火中的人民抗争，展示出人民的坚定顽强，他们的欢乐与光明。正如《西班牙的黎明》献辞中所说："革命并不是一块灰色的东西。它也有色彩。它并不完全是一个决死的战斗，一个流血受苦的战争。它也有快乐的时刻，微笑的面容，还有生命和青春。……当艺术变成了某种伟大的民族感情的解释者时，它便是崇高的，正和某一些伟大的稗史传说的歌者描写着他的民族的英勇的行为一样。那是血和肉的混合物。”“作者是一个艺术家，一个平民之子。他能够用他的画笔写下他的印象和感情。爱的场面，恨的场面，团结的场面，流血的场面，生与死的场面，还有枪弹的火光，还有在这个悲痛的时刻里为‘自由’指路的光亮。”

第一、二两种 1938 年 7 月初版于广州，两年后重印于上海，增加了新的画幅，换上第二、四种的新名。十年后的 1948 年 9 月编者巴金把原先没有说明的添写了说明，合册再印。

《丛刊》编印之时正当我们国家、民族蒙受极大苦难，人民奋起反抗日本军国主义者侵略战争之际，在《西班牙的血》的初版序里巴金这样写道：“在我们的无数酷爱和平的同胞用他们的无辜的血灌溉了他们的家园的时候，我见到了西班牙画家加斯特劳（Castelao）的画册。我们同胞的哀号和地中海畔诗之国土上的呻吟响成了一片。我们眼前现了汪洋的血海。那许多无辜者的血！然而这血海开始怒吼了。我们求生存的呼声和地中海畔争自由的呐喊压倒了呻吟、哀号与呼吁。我们和西班牙的兄弟以绝大的毅力经过了同样的苦难，现在更应该以同样的勇气向着伟大的目标迈步了。……所以我把这十幅图画献给我的酷爱自由的同胞，让他们在西班牙的血里看见他们自己的血。”

1988 年巴金在《译文选集》序文里写有这样的话：“我写文章，发表作品，因为我有话要说，我希望我的笔对我生活在其中的社会起一点作用。我翻译外国前辈的作品，也不过是用别人的口讲自己的心里话。所以我只介绍我喜欢的文章。”早在五十年前巴金不也就是借外国画家的画用以唤醒国人、同胞的觉醒，宣扬爱国主义么？

抗战八年，解放战争三年，历尽坎坷，战胜强敌。挣脱枷锁，中国人民终于屹立于世界。检视既往，能不珍惜今朝？革命的出版事业的优良传统，该会引起我们深刻的反思。

1990 年 6 月 30 日

巴金在上海

巴金是四川人，这谁都知道，可他在家乡生活的时间，远不及在上海多，这也是事实。可以这么说：四川是他的第一故乡，上海应是第二故乡。打从他十九岁那年（1923）告别家乡，来到上海，从此与上海结下不解之缘，以至后来工作、定居、成家都在这里了。如从踏上这块土地那年算起，迄今整整有六十七年之久。在这半个世纪以上的岁月里，他住过闸北、虹口、卢湾、徐汇四个区。而一开始就住在卢湾区，以至后来定居成家也是在这个区。自然当初他也曾多次离开过上海，那也是外出读书、旅行、看朋友，时间总算起来也超不过五六年。

巴金告别家乡，是为了脱离封建大家庭的桎梏，憎恨封建制度的蛮横专制、旧社会的腐败糜烂。他满怀愤懑地来到上海谋求深造，探寻新思想，好为同辈青年谋求幸福，推翻旧制度，改造旧社会，要为生活所在的社会贡献力量，添上新的光彩，同行的有他哥哥李尧林。

1923年的秋天他们一同考入上海的南洋中学，住在当时的斜土路上，半年后，才又去到南京，入东南大学附属高中就读。

巴金在南京念完高中，报考北京大学。到了北京，经过体检，发现患有肺结核病，思想上起了波动，遂终止考试，重返南京。这时哥哥李尧林以优异的成绩被苏州东吴大学录取，不久将去苏州报到入学。弟弟来了，哥哥安慰他，还找了一位熟人医师为之重诊，说是病乃轻度结核，只需好好静养绝无问题。兄弟俩在南京痛痛快快地玩了两天后，哥哥劝他去上海养病，在上海他有不少朋友，治病也较方便。南京的那位熟人医师更给他介绍了一位住在上海的四川医生，于是巴金再度返回上海。时当是1925年的8月。

来上海先住贝勒路（今黄陂南路）天祥里（149弄），跟朋友卫惠林、毛一波同住二楼。楼下住的卢剑波、邓天裔夫妇是在南京的旧相识，同乡人又在此重聚，这下可不寂寞了。随后与卫惠林迁往康梯路（今建国东路）康益里（139弄）4号，次年再搬往马浪路（今马当路），一直住到1927年初跟卫惠林一道赴法国读书为止。

这一年半的时间里巴金多从事社会活动，与朋友们合办刊物，宣传革命新思潮，写译了不少介绍世界革命先驱者的文章，还翻译了克鲁泡特金的《面包与自由》

一书。

1928 年 12 月巴金从法国回到上海，先是借住宝山路鸿兴里世界语学会，为学会做了不少工作。后与好友索非夫妇合租宝山路宝光里 14 号，同住一幢楼。这时他的第一部小说《灭亡》已发表在《小说月报》上，引起文坛注意。巴金因之而踏上文学大道，自此埋头写作，成为一个专业作家了。

"一二八事变"，巴金恰好赴南京看望朋友，得悉噩耗急匆匆地赶返上海，可原住处已成一片废墟，给日侵略军的炮火毁了，连同他新写好的小说《新生》原稿也遭劫化为灰烬。这时真是有家归不得，想到国家，想到民族，热血沸腾，愤恨使得他一句话也说不出，默默地找到嵩山路一个朋友开设的私家医院去借宿了一宵。在那儿意外地碰到了好友索非夫妇。次日去亚尔培路（今陕西南路）步高里 52 号找到刚从日本回来不久的伍禅和黄之方，跟他们合租一个客堂间住了下来。没多久房东要收回房子，朋友也将他去，巴金只好到舅父家暂住，在环龙路（今南昌路）志丰里 11 号，一个白俄开设的公寓。一星期后，他又应南方朋友之邀赴福建泉州旅行去了。从闽南归来，舅父已迁住环龙路的花园别墅，巴金也在别墅里租了一间房子住下来，直住到舅父奉调工作迁往湖北武昌为止。

在步高里他首先为一份抗日报纸写了《从南京回上

海》一文，记述“一·二八”战火初起时的见闻。残酷的战争现实和侵略者无情的炮火轰毁了这时还是青年的巴金的梦。他义愤填膺，以笔作武器，继续写完抗日中篇小说《海的梦》。他说：“我把我的感情，我的愤怒都放进我的小说，小说里的感情都是真实的。”

从闽南旅行归来，巴金在花园别墅，除写了控诉封建专制的中篇小说《春天里的秋天》外，又重写被战火毁去的小说《新生》第二稿。

从 1933 年的春天离开花园别墅到 1934 年 11 月去日本的这段时间里，巴金都过着流浪式的生活，迁住了好几处地方，他记得的只有狄思威路（今溧阳路）麦加里一处；要不就去外地旅行、看望朋友。重要的是又写了不少引人瞩目的短篇小说与散文，译述了一些外国革命者的名篇名著。

1933 年 4 月，巴金在一次文学社的宴会上第一次会见到一向尊敬的鲁迅先生，并结识了茅盾先生。1934 年的 11 月赴日本前夕，鲁迅先生还为之设筵饯别。

1935 年 8 月巴金自日本回国担任了文化生活社的总编辑，为这家出版社主持编务，主编了《文化生活丛刊》《文学丛刊》《译文丛书》等三种中、大型丛刊丛书，获得读书界的赞许，更取得鲁迅、茅盾等前辈的热情支持。

1937 年夏初巴金告别拉都路（今襄阳南路）同乡朋

友马宗融夫妇住处，搬到霞飞路霞飞坊（今淮海路淮海坊）59 号再度与索非夫妇同住。巴金住三楼，索非夫妇住二楼和底层。自此定居于此，一直到中华人民共和国成立后 1955 年夏天迁往现今武康路住处为止。算来也有十八年之久。其间因抗战关系，三哥李尧林被迫自天津来到上海养病跟巴金同住。1940 年巴金又不得不赶赴内地，为了谋求出版社的发展。

胜利后 1945 年 11 月巴金重返上海，这时三哥已卧病在床，送到医院只不过一个星期就油干灯草尽悄然地去了。巴金悲痛不已，赶办了后事，又返重庆，这时萧珊即将分娩了。几个月后的 1946 年 5 月，巴金再伴同萧珊和新生婴儿小林重返霞飞坊 59 号三楼，这个他自己的家。小林的命名就是为了纪念三哥。多好的哥哥！他们曾相依为命地一道远离四川来到上海读书。

在霞飞坊内巴金不仅完成了他的代表作《激流》三部曲的后二部《春》与《秋》，更完成引起世界文学界注目的名著《寒夜》的写作。巴金也是在这里迎接上海的解放和新中国的诞生的。紧张而沸腾的新生活，鼓舞起巴金满怀信心与热情，积极地参加各种社会活动。他参加了新政协，出席了第一届文代会，去北方老根据地学习访问。更两次赴朝鲜战场下部队生活，写出了《我们会见了彭德怀司令员》一文，编写《英雄的故事》小说集。出访波兰、苏联、印度等国参与国际和平友好与文化交流的各种活动。

巴金是 1944 年 5 月 8 日在贵阳郊区“花溪小憩”同萧珊结婚的。由胞弟于桂林代发“旅游结婚”喜帖奉告亲朋好友。他曾在一篇回忆文中说 :“我们没有举行任何仪式，也不曾办过一桌酒席。……结婚那天晚上，在镇上小饭店要了一份清炖鸡和两样小菜，我们两个在暗淡的灯光下面从容地夹菜、碰杯，吃完晚饭，散着步回到宾馆。宾馆里，我们在一盏清油灯的微光下谈着过去的事情和未来的日子。”他们相识久，兴趣近，了解深，感情厚。不幸的是“文革”期中萧珊竟染上癌症，被拒于医治之外，得不到及时的治疗，终至无救病逝。这对巴金无疑是个极其沉重的打击。萧珊病入膏肓时，他还被罚在乡下劳动改造，不允许他回家照看病人。直到六年后的 1979 年 1 月他才痛定思痛写成饱含血和泪的《怀念萧珊》一文。

他们住在霞飞坊时，还有几个好邻居 : 鲁迅夫人许广平先生一家，开明书店编审顾均正夫妇一家，在银行工作过的剧作家陈西禾。索非举家于 1945 年迁去台湾，把二楼让给了他们，自此总算有了个吃饭会客的地方。后来许、顾两家也先后迁往北京。

巴金自定居霞飞坊之后，连和老友吴朗西共同主持的文化生活出版社也离开福州路迁来巨籁达路（今巨鹿路）成都路口 1 弄 8 号营业。这个出版社不仅出版抗日进步书籍，还先后掩护过地下党员于伶和新四军的黄源二同志。太平洋战争爆发后，上海形势愈坏，以致遭到巡捕房抄去图书二卡车，负责人著名翻译家、散文家陆蠡也惨遭杀害在日宪兵队里，使得出版社蒙受极大的损失，且不说先后设在广州、桂林二分社毁于日机轰炸的财产、书籍的损失。

…………

不久前新华社所发电讯中说，巴金在 90 年代的第二个国际儿童节前夕，给四川成都东城根小学的小朋友们信中有这样的话："我今年八十七岁了，今天回顾过去，说不上失败，也谈不到成功，我只是老老实实、平平凡凡地过了这一生。我思索，我追求，我终于明白生命的意义在于奉献，不在于享受。……人活着不是为了白吃干饭，我们活着要给我们生活在其中的社会添点光彩。"他那热爱青少年和关心他们成长之心溢于言表。我们该还记得 1927 年巴金在告别旧社会的上海远去法国前夕，曾写过一篇短文《再见吧，我不幸的乡土哟！》表述他对祖国的恨和爱。三十二年之后新中国成立十周年之际，庆祝上海解放十周年，他又如何满怀热情地写下一篇《上海，美丽的土地，我们的！》一文，歌颂社会主义的新上海。当他 80 年代再访问法国时，尽管身居巴黎的高层建筑的四星级宾馆，每天清晨，从房间窗外望见的仿佛不是异国风光，而是远在东方的北京天安门、上海的淮海路、成都的双眼井……这不正说明巴金仍旧是巴金。他是多么热爱祖国眷念着家乡啊！

1991 年 10月 1 日病中

记巴金编印的又一套丛书

去年秋末曾应友人之约写过一篇短文，介绍巴金于抗战初期自费编印（由平明书店印行、文化生活出版社代售）的一套画册——《新艺术丛刊》。北京的《连环画艺术》第十六辑（1990 年 4 期）还翻印了其中《西班牙的黎明》等十七幅画。由此而记起了差不多在同一个时期，巴金还编印过另一套名叫《西班牙问题小丛书》的丛书，共分六册，都是在 1939 年 4 月里同时印出的。也曾想为文作番介绍，因手边缺少原书，又忙于其他工作，就此搁延了下来。前些日子偶去巴金处发现了这套丛书的复印件，不禁手痒，遂借来翻阅了一遍。这套《丛书》将编入他的《译文全集》中，也由人民文学出版社印行。

《丛书》版权页上注明第一辑六种。其排序为：1.《一个国际志愿兵的日记》，2.《战士杜鲁底》，3.《西班牙》，4.《西班牙的斗争》，5.《西班牙的日记》，6.《巴塞洛那的五月事变》。第二种《战士杜鲁底》本脱稿于1938年5月，尚未成书，纸型即被毁于广州沦陷时大火中，编印者后又在次年的4月里改订重排，与其他五种同时印出。巴金在该书的《前记》中有所说明。看来这套《丛书》原本打算与《丛刊》中的第一、二种画册同时发行的，哪知被毁于战火，辗转流离，又推迟了一年才问世。

《丛刊》是用图画表现西班牙人民在外来侵略者与法西斯的残酷迫害下，所遭受到的苦难，又如何浴于火与血中英勇地起来反抗，在斗争中成长；《丛书》则是以翔实生动的文字，更为详尽地记述了西班牙在战斗中的种种。作者包括各式各样的人：战士、记者、志愿兵、国际劳动运动中的著名斗士。讲述的全是他们亲眼之所见，亲身的经历，充满了血和泪。战士们尽管信仰不同，却团结起来御侮，共同反抗侵略者与法西斯。《丛刊》与《丛书》可算得姐妹篇。《丛刊》的说明是巴金自己加上的，《丛书》的译文全出自巴金之手，有的译自英文，有的译自法文，大都选自瑞士印行的《西班牙与世界》一刊中。

二者的印行虽有先后，但都正当我们国家民族蒙受极大苦难，人民奋起反抗日本军国主义者的侵略战争之际。正如巴金在《丛刊》之一《西班牙的血》一书《序》里说的：“在我们的无数酷爱和平的同胞用他们的无辜的血灌溉了他们的家园的时候，我见到了西班牙画家的画册，我们同胞的哀号和地中海畔诗之国土上的呻吟响成了一片，……我们和西班牙的兄弟以绝大的毅力经过了同样的苦难，现在应该以同样的勇气向着伟大的目标迈步了。……所以我把这十几幅画献给我的酷爱自由的同胞，让他们在西班牙的血里看见他们自己的血。”而在《丛书》之一的《战士杜鲁底》的《前记》中巴金同样写道：“同时我也愿意让我的同胞在这一坚苦奋斗的抗战时期中略略知道另一个国度所经历的苦难和伟大的西班牙革命的前途，怎样在这些苦难中逐渐成长。”“南欧的西班牙在地理上固然和我们相隔甚远，但是它的命运和抗战的我们的命运是联系在一起的。愿我们牢记西班牙的教训。”（见《丛书》之三《西班牙》的《前记》）。我们从这几本书的《前记》或《后记》中还知道巴金翻译它们时并非在安静的书斋里，有的是在被敌人包围着混乱的广州城内，有的是在“从梧州开往石龙的民富拖渡中译成”；有的书之得以付印还是“在经历了若干艰辛之后，现在还能够在这里（指桂林），而且在敌机的不断轰炸之下”印出来的。

老作家萧乾早在80年代曾为文回忆老友时，盛赞巴金牺牲自己的写作时间为繁荣新文学事业在出版方面作出的贡献，前不久又在巴金国际学术研讨会上的书面发言中说：“作为五四以来一位重要作家，他的成就当然首先是建立在他自己的创作上，然而作为在本世纪中国新文学运动的推动者之一，他的功绩也是不可磨灭的。”鲁迅先生就曾热情支持过巴金担任总编辑的文化生活出版社。因此不禁使我联想到鲁迅在《答徐懋庸并关于抗日统一战线问题》文中的几句话来：“巴金是一个有热情的进步思想的作家，在屈指可数的作家之列的作家，他固然有‘安那其主义者’之称，但他并没有反对我们的运动，还曾经列名于文艺工作者联名的战斗的宣言。……这样的译者和作家要来参加抗日的统一战线我们是欢迎的……难道连西班牙的‘安那其’的破坏革命也要巴金负责？”同时还要求巴金不要“报答以牙眼”。的确巴金一直没有为文替自己辩护过，始终保持着沉默，专心致志地为新文学事业埋头苦干，为抗日宣传工作而日夜奔忙。直到两年多以后才编印了这两套丛书，目的是要把西班牙人民跟侵略者和法西斯蒂作斗争的种种经过告诉国人，借以鼓励我们大家坚持反抗日本军国主义者的侵略战争，与那时的“先安内而后攘外”的反动政策。他在《一个国际志愿兵的日记》的《前记》一开头就说：“西班牙问题是一个难解的谜，尤其是对于远处中国的我们。”接着在《西班牙的斗争》的《前记》里补充说：“我现在编译这套《西班牙问题小丛书》……目的是在帮助朋友们多少了解那个奇异的国度的内部情形，使他们明白那里斗争的全景，其经过，其胜利及其失败。”又说："我们以后应努力了解西班牙的真相。"1937年5月巴塞罗那陷落在法西斯蒂手中，这是西班牙的悲剧的一幕。自相残杀的内部斗争必然地削弱了革命的力量。在《巴塞洛那的五月事变》的《前记》中他说："关于巴塞洛那的事变在我们这里有不少人谈起，却不见有一篇较详细的记载。我如今把A.苏席的报告摘要译出，并非故意将惨痛的旧事重提，我不过提醒以后研究西班牙问题的人，不要忘记历史的教训而已。"

毋庸讳言巴金曾是个安那其主义者，战士杜鲁底还是他未见过面的朋友。1927年春天到巴黎后他就知道了这个名字。由于西班牙国王的到来，仅仅因为他是"西班牙的安那其主义者"而被捕，同时入狱的共三人。罪名难以成立，法国当局迫于正义的呼声终于释放了他们。为了感谢法国朋友的援助使他们得以回到西班牙，他们说："不愿意吐露空泛的感激的言词，却保证有一天要用事实来回答朋友们的厚意。"的确后来他们（同一位狱友）都慷慨地牺牲在反侵略者的战场上（见《战士杜鲁底》）。我们该还记得1935年巴金在东京也仅仅因为是个中国人，同样被日本刑事抓进警察局牢房里拘留了一整夜，其心情可想。作为一个中国人，出于民族的自尊，加上胸腔里更跳动着一颗强烈的爱国心。他说过这样的话："我写文章不是我有才华，而是我有感情，对我的祖国和人民我有无限的爱，我要把这感情写下来。"他尊敬鲁迅，牢记先生的教导，响应他的号召，一直积极地投入这抗日的统一战线伟大事业中。他首先用自己的实际行动去做力所能及的工作，不讲空话；同时发现了材料，就用介绍异国的血的事实来说明我们并没有弄清楚那遥远的国土上的一些事情，为他的西班牙朋友讲两句公道话。我想这也许是他编印这套丛书的另一个目的吧。

管见所及，仅以之提供研究巴金的专家学者的参考耳。

1991 年 10 月 16 日

巴金与泉州

泉州，这座南国古城，心向往之久矣。全缘于读了巴金的作品在脑里留下了深深的印象。早思能去那儿踏着常春树的影子，漫步于石板路的小街、窄巷，看看生有龙舌兰的颓垣，举手摘下几颗龙眼；更愿能拾得一点残景，体会几丝热血青春的余梦。……

去年金秋时节的9月，有幸参加泉州黎明大学召开的巴金学术研讨会。这是黎明大学校园落成庆典重要活动之一。衷心感谢主人的热情邀请。恭逢盛会，高朋如云，夙愿得遂，而残景、余梦却未拾得，时代已换，景物全非了。昔日的文、武庙的平房与殿堂已变为新建的古色古香的红色高楼群，会议就是在群楼中的民友馆召开的。

30年代前期巴金曾三次来泉州看望朋友，他们在这儿兴办了黎明和平民两所中学，这儿的人与事，这儿的种种生活，不仅影响到巴金的作品，同样影响到他的为人，使他终生难忘。

会上议题多多，讨论热烈，大家“从巴金的人研究巴金的文，从巴金的文研究巴金的人”。巴金的人与文，使会议不单充满了学术研究的严肃气氛，又洋溢着观点交流的活泼情韵。记得“文革”后的十五年前曾向一位撰写巴金生平与创作的文艺评论家作过建议说：“巴金是十分重视朋友和友情的，这对他的一生有着不小的影响，不少文章一再提及。过去很少有人注意及此。总是带着框框条条去套，以至脱离作品，脱离时代，作了不很恰当的评介不说，还出现了断章取义的歪曲解释。希望他的著作能另具新意。”九年前重读巴金短文《朋友》，发现他在第四十七届国际笔会上的发言，其中不少满怀激情的词句竟同他五十一年前所写的这篇短文十分相似，说明当时已届八十高龄的巴金胸中跳动着的仍是二十九岁时那颗火热的年轻的心。而今十年又快过去了，研究巴金的著作愈来愈多，课题既深且广，早已超越以往，成绩斐然。《巴金与泉州》正是研究者所谱写的新篇章。

人的思想本不是那么单纯划一的，作为一个有影响的大作家，他的思想就更不用说了，岂能一概而论。其实随着客观形势的变化，他的思想与认识也不断地在发展。巴金晚年所写的《讲真话的书》这部呕尽心血的巨著，正是一个极好的例证。就在这本巨书中，他还忘怀不了南国的红土，昔日的朋友。直到他九十岁生日那天他还对人说：“我明白一个道理，生命的意义在于奉献而不是索取。”他昔日的朋友就有不少是奉献了自己一生的人。早在几十年前他也同样说过类似的话。巴金爱朋友，朋友爱巴金，友情不渝！

编者索序，无以为言。心中所想，笔之于纸。几句真话，以答友情，并求教正也。

1993年12月

《没有神》选编后记

采臣哥自银川来，受宁夏人民出版社社长、总编吴宣文的委托替他们即将印行的一套《中国当代名家杂文精品丛书》约请巴兄编一本杂文选。经商得巴兄同意之后，责成我代为编选。巴兄还当面作了如下的嘱咐：（一）多选未曾收入过专集的文章；（二）选文最好前后观照使能体现出它们的一致精神；（三）字数不宜过多，限二十多万字左右；（四）书名定为《巴金杂文选》。后因出版社提出要求“丛书”的统一，始改今名——《没有神》。

1986年也曾替上海文艺出版社编选过一本《巴金六十年文选》，计分六个分辑，有五十余万字。在《代跋》的信中巴兄曾这样写道：“……说心里话我不愿意现在出这样一本书，过去我说空话太多，后来又说了很多假话，要重印这些文章，就应该对读者说明哪些是真话，哪些是空话、假话，可我没有精力做这种事。对我，最好的办法是沉默，让读者忘记，这是上策。然而你受了出版社的委托，编好文选，送了目录来，我不好意思当头泼一瓢冷水，我不能辜负你们的好意，我便同意了。为了这个我准备到油锅里受一次煎熬，接受读者的批判。相信有一天终于会弄清楚什么是真，什么是假，我到底说了多少假话。这是痛苦的事，但我也无法避免。”还说，欠下读者的债，“写《随想录》是还欠债”。记得读到原稿上这些话时，曾激动不已，心想：这下我倒真欠下他一笔债了，给压在他背上的“沉重的包袱”添上一笔新分量，深感内疚。不过我相信只要认真读过他的作品的人，当会理解他的苦心的。因为在他每篇作品里无不燃烧着一颗真挚的心。他把心交给了读者，心会赢得心的。再说他那偿还欠债的《随想录》，不就把自己的灵魂赤裸裸展示在读者面前，真诚而深刻地解剖自己的思想历程，能不扣人心弦？这些话我也曾把它记述在一篇短文里。这已是八年前的事了。

彼一时也，此一时也。时序不同，选题又异。亲聆到他的嘱咐，信心大增，自当竭尽薄力谋求达到最低的要求。采臣哥还说：“他的作品本应该采用各种形式（特别是较小型的行本）印行，以满足一般读者的需要，并可填补坊间的经常缺书，我们西北那边总难买到他的作品。”其实又何止西北地方一处呢。

在采臣哥的督促下，基于已往的经验，几经思索考虑，列出篇目，在取得巴兄审阅认可之后，终于在他赴京返宁夏之前交了卷。携走目录，他也心安地去办旁的事了。近五十天的聚首，不禁临别依依。

篇目多选自《巴金六十年文选》、五册《随想录》和第三版的《讲真话的书》，共九十余篇，恰好二十万字。时序自1956年始，止于1993年。全是新中国成立后的作品，这也是依照出版社的要求。为了加深读者对作品的印象，又易于理解作家的写作意图，在总体按时序排列的前提下，又破例把同一话题的篇章集中排在一起。比如：《谈骗子》《论探索》《讲真话》《说端端》……近百篇的短文就内容看触及范围极广，诸如政治生活、社会现象、文化、教育、艺术、出版……各个方面以至自身的思想暴露、灵魂剖析，其倾诉与呼唤，无不发自心灵的奥堂，不正与他早年之作《灵魂的呼号》等短文相似吗？

其实什么是真什么是假，在人们的眼里是十分清楚的。十年的惨痛教训，凡经历过的人，哪一个又能轻易忘怀？时间和现实处处在作说明，历史往往会出现人们意想不到的嘲弄。不妨把作家50年代的杂感文同“文革”后的《随想录》两相对照，前呼后应若合符契。其思路清晰，脉承一气，不少内涵至今意义犹在。单说“独立思考”吧。作家自己的思路就起了一个反复的大变化。先前本是一位反封建不信神的年轻战士，后来喝上了

“迷魂汤”逐渐变成了一个跟着指挥棒走，膜拜“天王圣明”的可耻可鄙的“奴隶”，甚而堕入“轮回”，变“鬼”做“牛”，重遭十殿阎君恶魔的迫害，经过一个多么苦痛荒唐的“炼狱”历程！真是做了一场“噩梦”！好不容易清醒过来，痛定思痛，遂自我反省地说：“我不一定看清别人，但我看清了自己。虽然我十分衰老，可是我还能用自己的思想思考，我还能说自己的话，写自己的文章。我不再是‘奴在心者’，也不再是‘奴在身者’。我是我自己。我回到我自己身上了。”忍不住大声疾呼：“没有神，也没有兽。大家都是人。”这时他真正感到重能独立思考之可贵。要做人就要像个人样。人——要保持自己的本来面目。说真话也就是保持自己的本来面目。“人，只有讲真话，才能够认真地活下去。”因之他提倡讲真话，写了几篇有关讲真话的文章，也曾引起了不同的议论，可他不管这些，经此“十年浩劫”，他更加懂得生活，更加热爱生活了。他说：“只要一息尚存，我还有感受，还能思考，还有是非观念，就要讲话。”1990年在回答家乡小学生的信中说：“我愿意再活一次，重新学习，重新工作。让我的生命开花结果。”说得多么诚挚深沉。

编选时又一读再读他的文章，有不少序跋、后记不仅是他发自内心的自白，还是杂文式的力作，可惜限于字数，仅选了少数几篇。我免不了要在这里郑重声明两句：本书所选的文章没有空话、假话，全是真话，全是保持自己面目的本色话。我相信他那热爱生命，热爱祖国，热爱社会主义生活的炽热之情，读者自会从字里行间获得证实的。思绪万千，难以详表，写此数语，吐露编后的一点感想，自己的心里话，权作后记。

末了，让我重复去年赴京参加“巴金与二十世纪学术讨论”，在最后一次大会上发言的最末两句话吧：“这次讨论会是冰心大姐题字，冰心与世纪同龄，巴金比世纪小四岁，我衷心祝愿这两位经历了这个世纪种种坎坷的老人，再踏入即将来临的新世纪。”愿他们健康长寿！

1995年3月16日

“我还有机会拿起笔”

1994年11月25日应是巴金老人九十整寿的诞辰。远在海外随母亲念书的小孙女晅之，也将于这天之前如约归来向老爷爷拜生祝寿。这是她两年前那次暑假回国探亲时说定了的，老人也正企盼着祖孙共聚的欢乐时刻的到来。哪知就在喜庆佳日即临之际，20日晚，老人因腰背疼痛，以致无法睡下，呻吟不已，折腾了几乎一整夜，未能安眠。次晨去医院，经过检查、透视，诊断结果，是胸椎骨骨折。致病之因，由于老人10月上旬末从杭州休养归来，精神特好，十分高兴，不顾一切赶着审编“译文全集”书稿，伏案日久，加之年纪大了，骨质疏松，导致压缩性骨折，伤在胸椎的第六和第八两节。医生除用药止痛治伤外嘱咐必须仰卧静躺两个月，让伤处逐渐长好，慢慢恢复。其实痛楚早现，老人忍受着默不作声，知道去看医生必被留下，待在病房里，一切都受限制，什么事也做不成了。他总不愿放下手中之笔，这是他唯一的宣爱斥恨、倾吐肺腑的武器，要尽一切努力抢时间，争取多完成一点未了的事宜。何况小晅晅快要回来了，能同家人亲友共聚一堂，其乐融融，这也是老人的又一心愿。终于从小痛到了难以忍受的剧痛，病不由己，不得不去医院了，治病期间，不动还好，稍一挪移，痛彻心骨。阵痛稍稍减轻，他对家人说：“这以后将逐渐步入‘小康’。”平时讷讷于言，每逢关键时节，竟会冒出幽默趣语。这是身经“百炸”与“百斗”的老人蔑视灾难，笑对人生，流露出的睿智。

在医生护士的精心治疗与护理下，疼痛逐趋轻微，以至消除。但仰卧床上日久，这滋味确也不好受，连视域也大受局限，见到的就那一片白乎乎的天花板。又必须这样躺着，动弹不得；而心未必因之安宁，脑子在动，思绪不停。依然关心周围的一切。有时难免烦躁：这样下去岂不白白浪费自己的有限时间？家人知之，自会有人吐慰语，说笑话，消闷解愁，引走遐思。还插空读来信，念报纸，使之不断外界消息。作协的小陆专司晚读课，除念报刊上有关的大块文章外，还朗诵刚印出的《家书》（这是与夫人萧珊的通信集），出版社赶在诞辰前夕先装订若干册专程送来的。书的装帧、印刷、用纸都很精致，老人喜书，颇感满意。一如既往，新书到手，必分赠亲人好友。此时无法拿笔，亲嘱在旁的小端端代写。受书者无不欣然乐得，连道谢谢。认为这是兼有双层意义的纪念品。

处此时刻，恰又传来冰心大姐、夏公衍先后住院病临险境的消息。这对老人的静养极为不利，千思万绪、友情揪心。大姐转危为安，叫人额手称庆；夏公不幸，沉痛伤怀，听说他走得那么的从容洒脱，悲念中不无敬佩而心安。生与死本是自然规律，要让生命开花结果，全需自己的努力。老人早有所悟。你看他为《随想录》的姐妹篇《再思录》口述的《序言》是这么说的："躺在病床上，无法拿笔，讲话无声，似乎前途渺茫。听着柴可夫斯基的《第四交响乐》，想起他的话，他说过：'如果你在自己身上找不到欢乐，你就到人民中去吧，你会相信在苦难的生活中仍然存在着欢乐。'他讲得多好啊！我想到我的读者。这个时候我要对他们说的，也就是这几句话。我再说一次，这并不是最后的话。我相信，我还有机会拿起笔。"这说明老人的生命力依旧旺盛。他的心还连着读者的心。早在几年前，他就说过"让我再活一次"的话。他还要让自己的生命开花啊！

今年春节的前几天，经拍片验证后，医生终于宣布老人骨折康复，可以下床试步锻炼了。老人最担心的是怕卧床日久，难以起立，早就不耐，想下床试试了。这下正中心怀。可是必须穿上新定制的"钢丝背心"，保护伤处继续长固，不受影响。久卧人软，斜坐床头犹可，一旦下地，上身外加一个硬盔盔前后箍着，气往下坠，双腿软弱乏劲，小肚旁又发出阵痛，隆起一块，原来疝气复发了。立不住又不得不重新躺下，真急煞人了。托人买来疝气托戴上，除夕夜前一天，在此“全副武装”之后，终于扶着床栏站起来了，穿此“背心”，人看来直了些，不像从前那样弓腰驼背了。试着举步，行啦！他乐了，家人也跟着笑了。这样手扶助步器，在家人伴同下，出病房，入长廊，举步朝前试行，从这一头走到那一端。在长廊上往返两巡之后，回房落座在长背藤椅上休息。待午睡起床后再照样入长廊走上一巡，看来上午精力较佳，提步也较轻快、自如一些。这是每日必须完成的两次习步锻炼的常课，老人总是认真不苟地做着。两个多月的静养，幸未受到他病的干扰，因之体质恢复较好，大家为之称庆。老人又开始自己拿笔签名，阅读书报了。其实能斜靠床上时已经抽空看线装大字本的《梅村诗集》，打发烦闷。《再思录》的序文也是这时口授的。乃应陈思和之请把继《随想录》后写下的若干跋和短文结集编入陈所策划的《火凤凰文库》丛书中第一种。现在，老人可以坐在椅内跟自银川赶来探望的胞弟采臣亲切谈话，又应宁夏人民出版社之请允编一本杂文集子。不过，仅是向受托选编的人讲几点要求，审阅一下篇目而已。面对外面火热的生活，复杂多变的社会，老人关系的是国家、人民、读者，总是不住地沉思、探索、追求，叨念着的是整个文化的发展，人民文化素质的提高。

他曾说："只要一息尚存，我还有感受，还能思考，还有是非观念，就要讲话。为了证明人活着，我也要讲话。"讲话气短声弱，仍旧要讲，手僵发抖，就抓紧练习，写出一个字，就能写出两个、三个……更多的字。自己一时无法多写，口授家人记录，绝不停止，绝不能搁下手中的笔。人既然还活着，就该做点工作，这样生活才有意义。本是他一贯的主张。

3 月 25 日上午，老人向医生请了两小时的假，坐上轮椅，由家人伴着，竟然走出医院，去出席中国作家协会在上海召开的第九届主席团会议，并主持了会议的开幕式，写下的书面发言委托王蒙同志代为宣读。他说：我赞成"团结、鼓劲、活跃、繁荣"作为会议主题的提法，我希望作家们团结，团结才能稳定。还说，我们作家要有更大的勇气，更多的责任心，要有良知，讲真话，努力用自己的笔，真实地反映现实。当他出现在会场时，立即引起与会者的热烈掌声。人们感到振奋，他自己也感到高兴。连远在外地的朋友们从荧屏上看到他出现在会场的情境，也来电话为他的健康祝贺。

由于年老多病，好些年来都没有参加过这样的会议。这次会议是近几年来中国文学界的一件大事。良好的开端，将产生深远的影响。会前会后访客不断，是的，老人处于少有的兴奋与紧张之中，血压突然大有起落。没料到一天下午刚刚起床，人尚未立稳即失去知觉，颓然跌坐床上。医生赶来诊视，断无大碍，平躺下去一阵子，人也就醒过来了。两天后的下午坐于椅内，又出现了类似现象。这就引起家人的不安、医生的重视，诊断结果，植物神经因骤然的紧张与过累，乱了规律，本低的血压出现了较大的起落，别无他法，唯有平稳静养，增强体质，让它逐渐恢复，趋于平稳。原定4月上旬，出院去杭州疗养，这时不得不延期缓行。思前想后，老人又陷于烦躁与苦闷中了。何时再能起床练步？一直萦绕在老人脑中。若此下去岂不成了个废人？事实表明：安静躺着血压就较平稳，起坐稍久，必然下落。经过一段时间的观察、调理，多少摸出了一些规律，老人的体力也有所恢复。掐指一算，老人住院已近半载。离开病房，异地疗养，免去病人的精神负担，会更易于康复。5月9日在医生、护士和家人的陪同下，乘车赴杭。西子湖边的青山绿水，鸟语花香，将有助于老人身心的调养。这个常游佳地，老人多次小住休息，总是精神奕奕，体重有所增加。我们祝愿老人一如既往，健康早复吧。

1995年5月20日

任何梦，都会醒的

——《巴金七十年文选》编后记

本书原名《巴金六十年文选》，是1986年冬受上海文艺出版社委托与小林合编的，五十余万字厚厚一册。出版后赢得好评，极受欢迎，一版、二版、三版印了好几万册。一晃九年过去了。去岁春末，二十六卷的《巴金全集》出齐了。曾因年老多病，写字困难宣称搁笔的老人，竟又继《随想录》之后，仍抒心愫以《再思录》书名于今春问世，读者欢呼。又因当初作者书信披露于世的甚少，“书信”栏内仅收入三人共六信，早有补充重印之议。恰好出版社新近又编发了《冰心七十年文选》《夏衍七十年文选》和《施蛰存七十年文选》三书，立即促我循原编例补入八六年后作家所写的新篇章，换“六十年”为“七十年”，使选本以更充实的新面貌现于读者面前，并使这一“当代文坛大家系列”蔚然成观，而满足人们需要。

在出版社的催促下遂按原编例于《随想录》栏目后另立《再思录》新栏，选入短文十二篇；于《散文》栏尾补入写于1957年前、抗战第一年的新见佚文《生与死》;《序跋》栏内编入《再思录》中的另七篇序跋文，及改版重编新印出的《"十年一梦"增订本序》一文；"书信"栏中增选致茅盾、冰心……诸大家和写给萧珊的信共二十三封，全是从《巴金全集》第二十二、二十三、二十四卷中挑选出的，限于字数（本书不能再厚了）实无法多选，颇感遗憾。篇目排定后曾送往在杭州养病的巴兄审阅，得他认可方进行编辑。而于此时，复见《文汇读书周报》刊出他新近完篇的《巴金译文全集》的前三卷代跋，遂再商求巴兄同意删去一封致友人之长函，代以《译文全集》第一卷代跋，使得本书更富新貌。

记得八年前拿到新印出的《六十年文选》样书后，激动不已，曾写过一篇缕述编选经过与感受的短文。这感情至今仍激荡在胸。那时巴兄已是个多病之躯的耄耋老人，今更早跨过九十而迈往期颐寿期了。就他的体力来说，确是一年不如一年，这既是自然规律，又加以病魔一直缠身。回忆在原书代跋的最后一句话，他本是这样说的："现在我只想躺下来休息。"可是事实说明近十年里他并没有好好安静休息，也正如代跋里他又说："我发觉自己还有一个脑子，这脑子又不安分，一定要东想西想，于是许多忘了的事情又一件一件地找了回来，堆在一处，这里刚还清一笔，那里又记上一个数目。”他忘不了读者，忘不了朋友，忘不了广大的人民。他永远也忘不了这一切。虽然早想搁笔，少惹麻烦，可责任心——那颗热乎乎火红的心，仍促使他继《随想录》之后，写出《再思录》；编好《巴金全集》，再编《译文全集》。不顾写字有多么艰难，仍勉力一笔一笔地颤抖着画出一篇一篇文章。这是他唯一能用的“武器”了啊！他要还债，他要把心交给读者。想想，是什么力量使得老人这样呢？且看他在《“十年一梦”增订本序》的末尾的话吧：“我不是战士，我能活到今天，并非由于我的勇敢，只是相信一个真理：任何梦，都会醒的。”十年梦醒，使得他更加热爱生活，更加信仰生活。其实早在六十年前他就说过：“生活不是一个悲剧，它是个‘搏斗’。我们生活来做什么？或者说我们为什么要有这生命？”罗曼·罗兰的回答是：“为的是来征服它。”这不证实他自己就是在进行“搏斗”、“征服”生活吗？也就是说他要用自己的行动来证实自己说过的话。他要向老托尔斯泰学习！还有，“人活着总得为祖国，为人民做一点事情”，这是他终生不渝的信念。

老人前些日子已自杭州归来，可能由于生活规律与环境的变更或别的什么原因，本已趋于平稳的血压又现起伏。近日更因支气管炎症，咳嗽不已，不得不遵医嘱重返病房治疗。原拟请他在本书前加写几句话的。力难从心，他说权以原跋代序吧。也只好如此了。还有一个星期就是老人满整九十一岁的寿辰了，谨在此祝他长寿康宁永无灾吧。

末了，将再唠叨两句，补入本书的文章也只能限在近九年内写的。如果能推迟到明年编选的话，说不定会更符合实际一些。可是出版社不能等，急于提前发排，要赶在明年早日出书，四本“文选”一同推出。再限于原编例，当时是遵从作者指明只能从 1927 年起选文的，无法收入作家早年的作品，尽管自 1922 年始（见《巴金全集》第十八卷）作家已在《时事新报》的《文学旬刊》上发表诗和文了。照这样算的话，他的写作时间早超过七十年多多了。这是真话，也是编者要向读者说明并表歉意的。

1995 年 11 月 17 日

历史教训不能忘！

日前四川省作协友人魏德芳来函，说及川中有关单位已决定将已故作家刘盛亚遗著《卐字旗下》搬上荧屏，用以纪念今年的这个战胜德国纳粹法西斯的五十周年大庆日子。她还将参加改编工作。这应该说是一件十分有意义的好事。令人高兴，立即复函，贺其早成。

《卐字旗下》乃盛亚兄之成名作，30年代刘用S.Y.这一笔名发表的一部长篇报告文学，连载于当时的一家刊物上，引起了广泛的注意。在下也算个忠实的读者，记忆犹存，是篇当时醒人耳目揭露法西斯铁蹄下种种阴影的好作品。魏本刘之遗孀。

五十年前的1945年1月27日，是苏联红军解放早已闻名于世、德国法西斯设在波兰的一座最大的集中营奥斯威辛的日子，报载今年这天世界各地纷纷举行各类纪念活动。德国政府、议会和宗教首脑人物都声讨纳粹的种种罪行，呼吁德国人不要忘记过去。德国总理科尔称奥斯威辛集中营发生的一切是德国历史上最黑暗和最恐怖的一章。同时世界上不少幸存下来的犹太人更云集波兰祭奠亡灵，声讨纳粹。

两事相连因而引起我一连串的回忆。从书柜内寻出两本旧书，再度翻阅。两书均为 1951 年 3 月原平明出版社印行的小册子。一为巴金所著《华沙城的节日》，一是巴金编写的画册《纳粹杀人工厂——奥斯威辛》。前书中收有一篇《奥斯威辛集中营的故事》一文，详述了参观该集中营的“模范营”“博物馆”和“真正杀人工厂”的见闻，揭穿并控诉了法西斯的谎言与恶行；后者虽是一本薄薄的画册，仅收二十二张图片，但全是集中营的实录，每张图片都附加说明，那真是控诉法西斯罪行的有力凭证。两书全是巴金于 1950 年 11 月赴波兰华沙出席保卫世界和平大会后归来的成果。

在《华沙城的节日》一书的《后记》中巴金说：“在《奥斯威辛集中营的故事》里，我不仅写了我亲眼看见的，我还写了书本上详细记载着的。我已经写得很多了，但我写得还不够详细。真正发生过的事比我所看见的，比我所写的更惨，而且惨得多。”于画册的《后记》里他又写道：“我到过奥斯威辛，我走遍了集中营和毁灭营。我看过三万二千个欧洲女人的头发，我踏过泥地上烧剩的骨粒。我参观了谋杀几万人的博物馆，我站在焚尸所的废墟上，望过布惹秦加的一片荒凉。”“我也写过《奥斯威辛集中营的故事》。然而这二十二张图片比文字更真实，而且更有力量。是这种史无前例的罪行的证据。它们活着，永远活着向世界人民控诉法西斯匪徒的罪行。”在这句话的末尾他还加注说：“只有日本帝国主义侵略者在中国的罪行可以跟它相比。”波兰共有四个大毁灭营，三个大集中营带毁灭营，四十四个小集中营，十五个输送营和无数的劳动营。德国纳粹用种种方法以屠杀全世界爱好和平的人民，在焚尸炉中烧毁了将近千万人的尸体。奥斯威辛是其中最大最具代表性的一个。

1991 年曾写过一篇短文《从一个侧面看巴金》，也是回忆巴金编写的两套小丛书：一是冠以“新艺术丛刊”的《西班牙的血》《西班牙的苦难》《西班牙的曙光》和《西班牙的黎明》的四本小画册；一是“西班牙问题小丛书”，共收《战士杜鲁底》等六本小书。同样是用画片和文字记述西班牙人民反抗法西斯侵略者的苦难斗争。两套丛书都是在抗日战争发生后的第二年 1938 年历尽千辛万苦才印出来的。他把异国人民反法西斯命运和抗日战争中我们自己的命运联系在一起，借以鼓舞中国人民的斗志，宣扬爱国主义精神。我不再作赘述重复，只想指出一点，1938 年巴金亲手印发的两套小丛书跟 1951 年编写的文章与画册是有着明显的内在联系，正是他嫉恶如仇、维护真理、爱国爱人的一贯精神。

1994 年 4 月初吧，我曾在《文汇报》上读到赵鑫珊写的介绍德国的文章，文中同样阐述到纳粹法西斯的罪行使现今的德国人感到历史的沉重压力与自身的责任感。还提起 1978 年前总理勃兰特在波兰死难者纪念碑前下跪忏悔认罪的事例，一些学者教授专家讲到德国历史时也说其中也有犹太人的一份功劳，集中营中被杀害的犹太人就有四百万人之多，而今德国仅存几万犹太人了。想想闻名世界的科学家爱因斯坦不也是犹太人么？而今法西斯势力死灰复燃，新纳粹分子又在德国到处活动，历史教训决不能忘！

今年（1995 年）同样也是我们抗日战争胜利的五十周年。而在这些年当中日本政府曾不仅一次，不止一个大臣声称过中日战争不是侵略战争，还有人醉心于军国主义，曾引起了东亚国家和日本本国人民的反责。在铁的事实面前还想抵赖，居心安在，不言而明。为了纪念这个抗战胜利的五十周年，我们已经把南京大屠杀搬上了荧幕，这真是一件大好事。前年香港还出版了三巨册的《抗战画史》，许多血和泪的记录历历在目；今又有人筹划将《卐字旗下》形象化地搬上荧屏，能不令人振奋，举双手赞同？！如再有有识之士能将《纳粹杀人工厂——奥斯威辛》这样的画册重印问世以示世人，岂不也是出版工作的又一贡献么？

德国人波兰人都建立有纳粹罪行的博物馆，是要昭示后人永世不忘，唤起警惕，不让历史重演。科尔说：

“奥斯威辛集中营发生的一切，是德国历史上最黑暗和最恐怖的一章。”说得不错。在我们国家的历史上不同样也经历过这一“最黑暗和最恐怖的一章”？我希望我们也建立这样类似的、展示法西斯罪行的博物馆，昭示后人，永保安宁，而为后代积德啊！

“人们，你们要警惕！”这是捷克作家尤利乌斯·伏契克烈士的话，借以终笔。

1995 年（编者注）

巴金最喜爱的还是书

——《巴金书话》编后记

不久前偶遇某君，他突然向我发问："你知道巴老最喜欢的东西是什么吗？"顺口答道："当然是书嘛！"他立即追问："那是些什么样的书呢？"一时口吃，愣了一下才说："这就难回答了，也不是三言两语说得清楚的啊！"

记得几年前曾写过一篇题名《巴金的情与趣》的短文，文末就较为详细地述及巴金最喜爱的还是书，从童稚之龄到耄耋老年，对书的钟情一直不衰，而且是愈爱愈深厚。不单好买自己喜爱的各种书籍，还以赠送别人好书为乐。特别是把自己写的作品，亲手编辑出版的书籍，赠送熟人、朋友，以及看到书到达广大读者手里就会感到一种心满意足之快。当然现今不但不能像过去那样到处去买书。连行动都大有困难，哪还说得上走街串巷地去逛书店看友朋啰。

打从“文革”以后反倒是在替自己的藏书谋出路而操心了。必须把它们的去处安排妥当，让它们能发挥其本身的作用，不负当初收集之乐，才叫他心安。这也算是他料理的“后事”之一吧。虽然已经多次分期、分批、分类把几万册的书分别捐赠给七八个单位了，但留存家中的尚有不少。尽管自己已无法亲自动手，可记忆仍强，思路犹清，依然谆谆嘱咐年轻的家人、亲戚把放在什么地方，哪几个书柜内的书搬出集中一起，好让承捐赠的图书馆前来运走。这一批全是他以往常常翻阅的各种文字的西方文学名著的各样版本，其中不乏名家为名著作画的插图珍本。就说半个月前的某天下午，我照常例去医院看望，推门进去正逢他坐在轮椅内就案翻阅俄文原版《战争与和平》的精美插图，并指着身旁立橱下边柜内放有的托翁另外两本名著的插图本给我看。这下谈话又引出了我们对有关往事的回忆。我们都有一个共同的嗜好：对装帧精美印刷漂亮的书籍，爱不释手。托尔斯泰的三大名著的插图本他都收藏着。这一套共十大巨册，且是旧俄时代的版本。特嘱家人找出带来病房要在便中作惜别的欣赏。为心爱的藏书有了妥善的去处，心安理得，这别情是充满了愉快的，是实实在在可以感觉到的。你看他讲起来是那么兴趣盎然津津乐道。只可惜他气短声弱无力多说了。

说到藏书巴金可不像他的亡友郑振铎和唐弢那样，

目的明确，偏专版本，或古籍线装，或现代文学。他全凭自己所好、所喜，涉及较广也较杂，有珍本，有罕见的刊物、丛书，也有极一般的书。还有为了思怀故人而购存的，如昔日商务印书馆印行的“说部丛书”全套，用以纪念二叔与往事。在这套书内不少的书开拓了他的视域，使他看到外面世界是那么的丰富多彩，知道了许多过去从来不知道的人和事，进而引发他的思考、探索、追求……这又是在编选本书时从而引起我的注意的。从这些话书文中（尽管有的还是片段的几句话）前后联系使我更加明白他对书的一贯偏爱的因由与喜好过程，更可以观察到他的思想的变化、发展与形成，以及性格的成长。你看他把童年比作一本书，一页一页地翻阅，先是从母亲讲解亲手抄录的《白香词谱》中的词，再从母亲的教导中学到“怎样去忠实地生活，去爱人，去帮助人”。之后“眼睛睁大了”，因小说《封神榜》而“看穿了神和鬼的谜”。“五四”后的新思潮更给他展现出一个新世界，他只有“敞开胸膛尽量吸收”。慢慢地他在书里找到了理想，找到了为之献身的事业；不久就“不能以‘闭门读禁书’为满足”，他说：“我需要活动来散发我的热情；需要事实来证实我的理想。”他想做点事情，还埋头抄过两本有关书籍，又写信向刊物编辑求助。满脑子装满了新文学运动第一个十年的大量作品。他在一篇话书文中如是说：“我没有走上邪路，正是靠了以鲁迅先生的《狂人日记》为首的新文学作品的教育。它们使我懂得爱祖国、爱人民、爱生活、爱文学。”由此可见书对他的作用。他还在不少短文中回忆过：“《忏悔录》的作者卢梭是教我讲真话的启蒙老师”；“真话毕竟是存在的，讲真话并不难。我想起了安徒生的有名的童话《皇帝的新衣》。大家都说：‘皇帝陛下的新衣真漂亮’，只有一个小孩讲出真话来：‘他什么衣服都没有穿。’”近五十年前他在读“说部丛书”中林琴南翻译的《十字军英雄记》时认识到“奴在身者，其人可怜；奴在心者，其人可鄙”这话的深远含义。而在身经“百斗”的十年浩劫之后，觉醒反省之时，对这句话在自己的身心上，又有了更为深刻的体会。以此而言，他可真是把书读透了啊！

他“有见书就读的习惯”，“喜欢翻看杂书”，更“爱读传记和回忆录”；曾经为了寻求想看的书，竟至多次在梦中读到！他说：“我有这样一个习惯，读了好的作品，我会感到心灵充实，我会充满对生活的热爱；我有一种愿望，想使自己变得善良些、纯洁些、对别人有用些。”在浩劫的苦难中他曾经背诵过《神曲》。为什么会去背《神曲》呢？他是这样说的：“一九六九年我开始抄录、背诵但丁的《神曲》，因为我怀疑‘牛棚’就是‘地狱’。这是我摆脱奴隶哲学的开端。没有向导，一个人在摸索，我咬紧牙关忍受一切折磨，不再为了赎罪，却是想弄清是非。我一步一步艰难地走着，不怕三头怪兽，不怕黑色魔鬼，不怕蛇发女怪，不怕赤热沙地……我经受了考验，拾回来‘丢开’了的‘希望’，终于走出了‘牛棚’。我不一定看清别人，但是我看清了自己。虽然我十分衰老，可是我还能用自己的思想思考。我还能说自己的话，写自己的文章……我是我自己。我回到我自己身上了。”但丁帮助他找回了自己。书，在他处于全然无助的灾难中给他以启发、安慰、鼓舞……难怪巴金那么喜爱书啦！

…………

巴金话书例不胜举，难以一一缕述。倒是应该为编选本书解说两句。去年秋末德明兄约为他替北京出版社主编的一套名家书话丛书编选一本巴金的书话。初意以为有关文字不会太多，仅想到某一个侧面，估计摘录起来不过麻烦一点，要翻阅较多的作品。好在作者的文集，手边有的是书，自己也还比较熟悉吧。在征得巴兄同意，得出版社寄来丛书编选座谈纪要后，按照要求查阅文章，才发觉自己原先的估计错误，选文要限在二十万字上下，那真得大费一番斟酌了。于是先替自己画了个框框，选文当以少见于坊间的未收入过专集中者为主，文章过长的限于字数也只好割爱了；但代表性强的，那就分别对待，或抄全文，或作摘录。德明兄更两次提供线索，又抄录一则广告佚文；我自己在翻阅旧版书时也发现了一篇《后记》，都是《巴金全集》中漏收了的。就是作家自己，有的也实在难以忆及，给遗忘了。几经反复排列，目次总算最后确定，方送请巴兄审阅认可，为的是不影响他的疗养。

本书共分六个部分：第一辑选收谈及有关中外名著的话，大多摘自各类短论、回忆文中；首列三篇因是在不同时期中对书的整体看法，有观点，针对性也强，很能说明某类问题，故照收全文。第二辑选收作家为自己的书写的序、跋、后记和谈几本代表作品的专文，或全抄，或摘录。第三辑收他作为刊物编者时与读者的谈心话。第四辑是为介绍他人的书所写的序言和后记，以及对中外部分作家与作品的评论。第五辑则是作者译介外国作品的感受与心声。第六辑除收录作者编选的两本极富时代意义的画册的序言和部分说明外，几全收了作家替他人的书和自己的作品所撰写的广告词，这些未曾署名，鲜为人知的短小文字，风格独具，该是另一类的书话吧。最末附录少数几则抄自信函中的简略书话，想为读者提供另一个小侧面。各辑录文，全按时序排列。

巴金话书，范围确是广而杂，不管是述及自己读过的书，介绍他人的著作，还是谈自己的作品以至译介西方名著，全都目的明确，观点清晰，吐露心声，一片真情。他从读好书中受到了好教育，更希望别人同样从这些书中能得到心灵的充实，做“一个正直的中国人”。他从未离开过书，即使病中只要稍能坐起也要读书、吟诵古诗，可以减轻骨折痛楚。爱书却不迷信书，主张独立思考。他说："用自己脑子思考，越过种种的障碍，顺着自己思路前进，很自然地得了应有的结论。"并举自己做过小官的曾祖父李璠的《醉墨山房诗话》中论及文徵明的《满江红》一词为例。还说："能够看书的读者，他们在生活上，在精神上都已经有一些积累，这些积累可以帮助他们在作品中'各取所需'。"书越读得多，积累越多，自然绝不会被某一本书牵着鼻子走啊！

古人云"尽信书不如无书"。好，就此终笔，还望读者恕在下的唠叨啊。

1996 年 2 月 3 日

关于作家写广告

作家写广告，这在30年代，看来是不算稀奇的事儿吧。那时新文学方兴未艾，作家与出版工作者总忘不了为这一伟大的事业，竭尽全力，争取阵地向广大读者介绍新文化、新作品。鲁迅先生就作了个表率。几年前我还买到过一本介绍叶圣老父子撰写的图书广告的小书。再说在下工作过的文化生活出版社，这家由几个穷文化人筹建的小型同人式出版社，一切都是自己动手。巴金身任总编，首先为自己主编的“文化生活丛刊”撰写了一篇“缘起”刊诸报端介绍，继又替“文学丛刊”作专文说明刊印于新书的附页上广为宣传。出版社刊行的不少书籍：《屠格涅夫选集》的六部长篇、冈察洛夫的《悬崖》、托尔斯泰的《安娜·卡列尼娜》、王尔德的《快乐王子集》、库普林的《亚玛》……数十则广告词，无不出自巴金笔下。创办人之一散文家丽尼不仅替自己译品《田园交响乐》写广告，还摹仿鲁迅文笔替别的书作介绍。吴朗西也曾替自己选编的画册写广告。其他作家、译者为自己的著译写广告词的有鲁迅、茅盾、胡风、黎烈文、孟十还……40 年代前期任出版社重庆处经理的田一文替李霁野翻译的《简·爱》（“译文丛书”之一种）写的简短介绍，可以说是一首散文诗，曾受到黎丁（老记者）先生赞赏，文见桂林《广西日报》。好几年前在朋友们的鼓励下曾计划编写一本介绍文化生活出版社的小书，其中就收集得有作家撰写的广告词这一内容。

说到广告，像文生社这样一个民间创业的文艺小出版社，不经常利用各种宣传手段介绍自己的出版物，怎能让广大读者知道并取得他们的信任？不如此又何以面向大众，为新文化争夺阵地，为文化建设与积累作出贡献，以达到产生社会效益的目的？书也是一种商品，也要面对市场，能不去适应那个时代、那个社会的市场经济？否则又如何取得经济效益？书卖不出去，出版社岂不要关门，何言其他？所以巴金笑说：“读者和作家是出版社的衣食父母。”因之宣扬自己的出版物必须花本钱下功夫，总常在当地畅销的大报上刊登图书广告宣传。记得出版社成立不久，即在《申报》（1935 年 9 月）上登了一整版的大型广告。我手边还存有 1936 年 10 月 4 日和 1937 年 5 月 23 日两天《申报》星期日增刊的广告复印件，都刊在报纸的第一版上。抗战时桂林的《广西日报》，重庆的《大公报》《新华日报》都常有广告，大小不一。同样还在当时流行的文学刊物上刊登各类广告，翻查旧刊物如《文学》《中流》《作家》《文丛》《烽火》等大小杂志就可发现。此外出版社更经常精印各式大小宣传品，介绍新书、旧作，赠送读者。也曾印过挂历之类宣传品，选用民间剪纸图案，精美超俗，不以美女媚人。

新中国成立始，社会制度改变，时代不同，出版社逐步公私合营进入社会主义的图书出版轨道，凡图书全由新华书店独家经销。在计划经济下书店订购多少，出版社印多少。出版社只完成出书计划，不问其他，不愁书有没有销路，反正书店包了。至于图书介绍，只要在书店的订购单上简单写上几句介绍书的思想与内容即可。有时也在报端刊登广告，似乎与销路、印数无关。这“内容简介”当然由责任编辑撰写，领导审核。本人随企业（出版社）入公私合营的出版社后，即完全转入编辑工作。也曾利用业余时间从事外国文学的介绍，这当中必然要替自己编和译的书写点“内容简介”了。自认为时代改变，从资本主义步入社会主义，得改弦更张，必须重新学习，接受“改造”，脑子里多了一根弦，写起“介绍”内容来，就不敢“随心所欲”，怕“逾矩”啊！往往拣常见于文件或社论中的词句加上，这样还更易于上级的审核通过，自己也少烦心。循此而行，逐渐形成一个框框。大家如此，职责分明，也就不必去兴师动众多花脑筋了。

而今改革、开放了，又出现了“市场经济”。事实上似乎又是“经济”在指挥着一切，钱的因素占了首要地位，这下子出版社和书店都碰上了新问题，坊间出现了买书难、出书难、卖书难的怪现象。出版社和书店叫苦不绝，广大读者不满意。经济在好转，市场现繁荣；唯文化不理想，素质反而下降，书店日渐减少，徒唤奈何。

看来要适应新形势，不仅要改革体制，还得改变观念，树立新风。书虽是商品，却是具有特殊性的文化商品，更不能忘记它还是具有中国特色的社会主义市场的文化商品，是促进与提高社会主义文化的商品，千万不能媚俗。出版社、书店、编辑、作家应该共同携起手来，冲破以往的各种“框框”，走出新路，为社会主义新文化的宣传与建设而努力吧。

1996 年 3 月 18 日

难忘家乡味

老实说，巴金并非如美食家般那样能尝、善品并道其详。他素不择食，美肴能吃，粗食也能下咽，一律吃得津津有味。巴金小时候家庭环境好，条件优越，祖父也在世，四代同堂一大家子，上上下下百余人口，真是兴旺昌盛。我们家公馆里有一间大厨房，雇用了不少人挑水烧火、蒸饭炒菜，各司其职。最特别的是，还另请了一姓谢的名厨师，专门伺候老主人的菜饭茶点。此人手艺高超，无所不能，红白两案都在行。不要说能摆出满汉各味的大宴酒席，做出独具特色的蒸、煮、煨、烩、烤、炸、烙、爆等各式热菜冷盆，并且平时的家常便宴上，也端得出风味别具的佳肴，就连老太爷的早、中、晚三次点心，也是天天变样、道道不同。谢师傅的菜点可以一两个月内不打重台，故谢师傅甚得老主人的欢心。当然，这样也养成了他那副骄横跋扈的气焰，家里人都不说谢是“下人”，不敢得罪他，有时就是“上人”也要忍耐一时，让他三分。后来谢师傅对于平时一般的菜肴已是不肯轻易动手掌瓢了，大多是指挥身边徒弟或下手去做，他不过只是在一边略加指点而已。然而那时的巴金是食而不知其味，因为他从小就讨厌那种封建旧礼教，对官僚大家庭里的一切虚礼繁文，什么敬神祭祖、摆供宴客、尊卑长幼的习俗，以及磕头请安、作揖礼拜等都很反感。那时候逢上喜庆节日总是要悬灯挂彩、穿红着绿，桌子围上彩帷，椅子套上椅套，地下铺着红毯以举行三跪九叩之礼。来了贵宾显客，还兴举箸敬酒、安座让席，简直烦琐不堪。每当遇上了这种场面，巴金总是尽量退避三舍，能躲即躲，能逃就逃。有一次连家里的年夜饭也不吃，而是趁家人忙乱之际溜进了僻静的马房去听轿夫老周讲故事，任本房用人四处高声呼唤也不予理睬。这都是后来他在自己的回忆中写到过的。在他的代表作之一小说《家》里，有一章专门描述了高家一大家子吃年夜饭的场景，长辈们一桌，小辈们一桌，饮酒猜拳，夺筷催花，击鼓行令……好不热闹有趣。提到吃，也仅仅写了一道大菜，而不涉及其他。这似乎一点不像他的同乡作家、他的老友李劼人。这位文学大师也是去法国念过书的，他在他的小说《大波》里也写到过宴会、家肴，那才真是滋滋有味、极尽其详。李劼翁不仅是位会尝善品的美食家，还是位实践家，他对每一道菜的选材用料都有讲究，且会操刀执铲、亲手下锅，具有实践的经验。他还一度在成都开设过“小雅”餐厅，名扬饮食界，因而在他笔下的菜肴，准叫你口中生津。

话不远扯，归回本题。再说巴金进了学堂，读到新书，接受了新思潮的影响，那就更加憎恨封建社会的不合理制度以及一切害人的旧东西。当时巴金一心要替平民做点事，为国家尽份责，他完全抱着一种替上辈赎罪的心思，哪还管得了自身吃什么、穿什么，他是着眼于远大理想进而为人类谋福利的事业。我们不妨看看在《纪念我的哥哥》一文中他是如何回忆自己那时的生活：“一条小木船载走了我们，把我们从住惯了的故乡，送入茫茫人海中去……我总想起在南京北门桥一间空阔的屋子里……埋头在破方桌上读书的情景。我们在那空洞的屋子住了半年，后来又搬到前面一间狭小阴暗的屋子住了一年。在那些日子，我们没有娱乐，没有交际，除了同寓的四个同乡外，我们没有朋友。”离开了学校和哥哥，他也是“靠着两个小面包和一壶白开水过生活”。即便后来乘上洋船出海远走法国，到了世界文化名城巴黎，也同样过的是穷学生生活。住的是“看不见阳光，房里一切都是灰色的，开了窗，受不住寒风，关上窗，房里就成黑暗世界”的一家小公寓三楼的一间小屋，吃的是固体酱油，而啃的是硬面包。埋头读书，专心致志于信仰的活动，没钱更没心思走进大餐馆，更想不到去品尝莫泊桑小说里描述的那些法国名菜了。未能领略和见识到西方的食文化，倒是敞开胸膛尽量去吸取不多花钱的精神食粮。你看他每天的朝和夕都总是去瞻仰先贤祠前的卢梭铜像，向这位“梦想消灭压迫和不平等”的伟大作家、“日内瓦公民”倾诉“一个中国青年的寂寞痛苦”。巴金从他的名著《忏悔录》里“得到了安慰，学到了说真话”。还有那不顾个人安危主持正义的大作家左拉。这些大家的“精神食粮”，丰富了他内心的蕴藏，培育了他人格的成长。

回国后踏上文坛，一举成名，巴金也成了作家，逐渐有了交际，有了应酬，有了朋友和读者。可他个人依旧过的是简单生活，忙于写作，忙于奔波，一会儿去南方，一会到北方，还曾跨海到日本小住。一次竟被日本便衣警察抓去拘留了一个夜晚，气煞人也！说个笑话给大家听，跟他同住一座楼的朋友家小孩曾戏称他作“蛋糕爷叔”，因为常常见他总是吃一种“中国点心”，小小的白色圆蛋糕。

40年代初，巴金回到了一别十八年的故乡成都，看来一切还是那样的熟悉，不少的人和事勾起了他脑子里的种种回忆，使得他心潮起伏、感触万端。游子久别归来，至亲老友争相宴请，这下子他才尝到想念已久的各样家常菜和小吃，也才品到了道道地地的家乡味。那一次，同族弟兄叔侄设法找来了昔日谢厨师的大徒弟李松龄，专门为他做出昔日谢师父的拿手名点“燕窝酥”（又名千层糕），自是美不可言大饱口福，就此以后，巴金再也未能吃到过这种佳品了。那时他正当壮年，胃口可好呐，吃什么都香。他最欣赏的还是少城公园内敬临饭店的甜菜扁豆泥。眼下各餐馆时兴的什么“锅蒸”，那也是无法相比的，若非要去比，也是逊色多多。

1944年的春末，巴金于贵阳花溪结婚。那时结婚只不过发了一张喜帖通告朋友，就连一桌酒席也没有置办，在预定的喜日那天中午，巴金偕同萧珊去到小镇上的一家饭馆，要了几样菜，两人相对述家常、谈理想，以后又辗转回到重庆暂住于民国路文化生活出版社店堂后边的一间不足七平方米的小土屋里，他一心编丛书，忙业务，穿的是平价土布，吃的是九二糙米。每逢出版社打牙祭，也不过添上三两碗荤菜，诸如：回锅肉、萝卜牛肉汤之类。老实说，出版社雇来烧饭的姓谭的老太婆，炒出的几种荤素小菜倒也可口。自然也偶偕友人去民权路心心咖啡厅喝上杯热咖啡，谈谈心，或到保安路口的“麦利”吃上一份水果蛋糕，当然这在当时也算得是不错的享受了。斯时也，正处于八年抗战的最苦阶段。物价高涨，民生凋敝，穷文化人面临的是国家经济崩溃的边缘，人们吃尽了苦头，真可谓斯文扫地矣。

新中国成立后，生活安定了，而巴金的工作任务却更加重了，头衔也多起来了。那时巴金虽家居上海，却四处奔忙，不过倒也尝到了各帮名菜及海外大餐，因为他不是美食家，所以说他是单会吃不会品。如果轮到他自己做东请客，他总还是上四川馆子，或点上几样带有川味的菜，因为他习惯于家乡味，家乡菜吃起来更对他的胃口。

十年浩劫，苦经“炼狱”，幸得不死，却也落了个满头白发、内心出血的残身。等他两次应邀重访巴黎时，倒真让他尝到了欧洲的名菜。什么牡蛎、鹅肝……领略了西方的食文化，而最让他感到难忘的还是这座名城五十二年前给予他的精神食粮，卢梭、左拉这两个伟大作家的作品和人品都对他有很大影响，他说：“爱真理、爱正义、爱祖国、爱人民、爱生活、爱人间美好的事物，这就是我从法国老师那里受到的教育。”你看他住在四星级宾馆高楼的豪华房间里，每天清晨从窗口远眺，看到的仿佛是祖国大地：北京、上海、成都的街景。身居异国，心系故乡。

在巴黎期间，有时他也真喜欢吃点西式蛋糕，可在他心里却又总忘记不了早年成都协盛隆的萨其马、绿豆提沙薄饼和后来的入口就酥的花生印糕。1987 年金秋时节，巴金畅游故乡成都返回上海寓所后，有次闲聊时，家人问起他这回该吃够了各样的家乡美味了，而他在笑说种种，赞不绝口时，忽然又说了一句：“唯独没有吃到红油水饺。”旁边的人笑了：“不会吧，是不是吃得太多，忘了啊！”他默思良久，仍觉不对，说：“他们硬是没有让我吃到。”言下甚觉歉歉然。1993年初冬的一天，巴金九十岁的生日，家乡四川的故友专程飞来祝寿，当客人将一大竹篮时鲜蔬菜献到他面前时，他笑颜大开，乐极了。客人散后，当晚饭桌上便出现了家乡的菜肴，他首先下箸的就是那碗碧绿鲜嫩的素炒豌豆尖。连称："好吃，好吃！"那些年月，凡有人出差四川，返程时必为他捎回些樟茶鸭子、夫妻肺片之类的风味名小吃。80年代中期，老作家沙汀寓居京城，一次，他还把儿子从家乡捎来的"邹鲢鱼"腌制的关刀肉送给了巴金一大块。四川的家制香肠、腊肉、酱肉等是别具风味的。想想那腊肉炖青菜脑壳就是一道随便哪儿也吃不到的好菜啊！干烧鱼块、干煸牛肉丝、麻婆豆腐、水煮肉片、蒜泥白肉等，都是巴金常常想吃的。可惜的是近两年来，病魔一直缠身，巴金身体愈见衰弱，一年比一年差了。生活早已无法自理，行动也十分艰难，连写字都下不了笔，老住在医院疗养，特别是他那慢性支气管炎老在找他的麻烦。咳嗽多痰，还往往难以咳出来，医生常告诫他不要再吃麻辣的汤了，要少点刺激，多吃清淡菜肴。然而他每次吃饭总嫌淡而少味，往往胃口不开，即使是山珍海味摆在他面前，他也是眉头一皱，即使端起碗来也难以下咽。现在巴金在医院想吃的依然是：鱼香肉丝、眉州蹄膀，他对干煸牛肉丝即使咬不烂，但感觉着只要是吃点俏头芹菜，细细地嚼嚼味道，也是其味无穷的。若是用这些菜的汤汁拌着面条吃，那又是另一番好味道。巴金现在吃面条，一开口就是拌面，加上芝麻酱的川味素面。他在吃粥时，往往喜欢吃唐场豆腐乳，而在上海像五通桥和忠县产的那种白色豆腐乳是无法买到的。巴金平常还爱吃皮蛋，皮蛋是被弄成小块后加上了红白酱油、味精、白糖、香油、花椒油和少许香醋与红油拌和，那才真叫下饭。这拌皮蛋的汤汁也可拌入面条的调和里作为外加佐料。

一句话，巴金难忘家乡味，他是愈老愈思念故乡。

1996 年 8 月 28 日于沪上

西湖边上探巴金

我终于来到了睽别年余的西子湖畔，见到了神色颇佳、面带红润的病中的四哥了。我心胸一宽，加上湖光秋色，桂子清香，顿觉精神极为舒畅。

回忆 1995 年的 6 月中旬，也曾到此小住二日，正逢夏雨淋淋，也为的是赶来看望养病于兹的他。在离沪之前，他曾因胸椎骨压缩性骨折，卧床两月后，恢复极佳，甚感高兴。哪料参与十多年没召开过的中国作家协会主席团会议，由于兴奋、紧张和疲累，致使他的血压猛降，低到 40，发生了两次短暂性的休克，这是从来没出现过的病状，医生紧张，家人焦急，幸亏心脏还好，也未见有其他病症，经过疗养，血压渐趋平稳。再从治疗与护理的过程中观察到一点病情规律，方得医生允许放行。到杭后，还算安稳，却总叫人心悬悬而难落下，亟欲一晤，方慰思怀。

就在我到达的那天下午，他午睡后醒来不久，即完成了一篇短序文（《十年一梦》增订本序），可见他脑力仍健，思路顺畅，真令人欣慰。但我们劝他还是适可而止，注意养息，再不要勉力做过累的事。巴兄见我来去匆匆，还嘱金秋时节再来多住上两天聊聊。不想到了9月下旬我因随上海作协散文组诸友赴雪窦山小住，观光溪口风光，未能践约。好在不几日他也就返回上海了。他到家时，因与住惯了的庭院阔别已久，或徘徊外廊，或坐厅内椅上，看看这，摸摸那，心中有说不出的高兴，急匆匆又投入工作。没几日，竟又因环境改换，生活规律打乱，衰弱的病体一时难以适应，血压复呈起伏，只得重返医院疗养，天气转冷，支气管炎的老毛病又常犯，涎痰多，咳嗽勤，呼吸不匀，连九十二岁的生日和春节都是在病房里度过的。老人也都习惯于此了。

可萦系巴兄脑际的依然是如何尽快完成要做的事。先是忙于写出《巴金译文全集》后三卷的代跋，因无力握笔，写字困难，就改由口述，亲人记录；继则嘱咐家人将尚存的另一批外文图书清理出来，让受赠的单位上海图书馆前来取走。这些书都是他历年来精心收购的。世界文学名著、各种文字、各样的版本，共四千余册，也是他平时喜爱翻阅的心爱读物，其中少数还有由著名画家插图的精印珍本。例如：印有编号29的1900年俄文原版果戈理名著《死魂灵》，1912年俄文原版的《托尔斯泰选集》（包括三大名著的十卷本）大型豪华本，1888

年意大利文但丁的《神曲·汇注本》，还有一册卢梭《忏悔录》，扉页上留有梁宗岱（三十年代名诗人、教授）1926年亲笔书于巴黎的题记，文曰“洵美（邵洵美，新月派诗人）自英返国途经巴黎，特赠此书，以寄托我对祖国的相思之情”，等等。在此期间还特将这数种珍品要家人携来病房暂存，便作最后的告别欣赏。每当精神佳时，即将书摆陈案前，默默一页一页地翻阅，久久注视，神态怡然，有时还愉快地对立于身边的人说：“这都是我以前最爱的书。”笔者一次去病房看望，就曾坐在他身旁共同赏阅，漫话家常，如烟往事，不禁悠然神往。要知道他曾放弃过创作，专心致志于出版事业十多年。4月初图书馆负责人专程来医院致谢赠书并取走这些珍品时，他还谦虚地对他们说：“破书，不必客气。”客人走后，曾为清理这批书出过力的侄外孙笑着对他说：“您怎么好说托尔斯泰、果戈理、但丁、卢梭这些大师的名著是破书呢？”他竟立即笑着答道：“对于拜金主义者，这些书都是破书。”可见这位快近期颐的高寿老人，身体虽然十分衰弱，讲起话来也上气不接下气的不大清晰，但他的思路还是那么敏快，话语依旧充满机智和幽默。

1996年5月下旬，巴兄终于取得医生的同意，作异地疗养去了杭州，虽然比以往迟了好些日子。环境的幽美，空气的清新，干扰极少，静谧十分，这对老人的心和身都大有益处，疗养效果显著。我原意9月中前往，因事一再拖延，直到10月中方始成行。给他捎去两册新印出的《巴金书话》样书。书乃北京出版社出版。友人姜德明主编的《现代书话丛书》（八册）之一。书的装帧设计和编排都带新意，用纸也较考究，且前后环衬平衡，颇为精致，有30年代出版物风格。爱书的他看到也认为不错。更给他带去朋友们的问候与关心以及其他信息。特别是有关病中冰心大姐的近况，把9月里同事宫君去京探望并求冰心老人签名书册的情况，详述了一番，同为老大姐的健康而高兴。他总是怀念着朋友，友情是他生命中的一个重要部分。

记得那天我抵达他住处时已是中午，而他尚未吃完午饭。年余来每日三餐，唯独午饭时，不像早晚两次吃得津津有味，吞咽较快，往往细嚼口内难以下咽，显得没精少神的，注意力不集中。因之，不敢打扰他，仅趋前招呼了一下，对他讲待午睡休息后，再作详谈。此后每天的上下午必随大家伴他去园中散步，他坐在轮椅内推着前行。回来坐于厅内，我总坐在他轮椅旁，见他精神好时，就与之闲话，谈书、谈人、谈事扯上一通，多是我滔滔讲述。有一次提到一本某干部回忆“大跃进”时期前前后后的书，他竟笑颜大展，呵呵笑出声来。有时他也插句短语，或答我提及的问题，这大都涉及他过去的一些事，或文章中的某一点。可惜由于帕金森氏症的影响，语言受到一定的障碍，一句完整的话，往往是前两三字还能说清，余下的就只见唇动，流连口内，叫人听不明白了。恐这也与年老体弱声枯气短有关。常在身边的人熟悉了解，辨口型解其意，大都可以知道。一次他亲切地对我说："你有什么问题，记起了，尽管问，我会尽力答复，我的时间也不多了。"使我顿感激动，眼眶润湿。

来时正逢桂树二度开花，初始香味尚淡，经两天阳光照暖，遂花缀满树，浓绿丛中争冒出颗颗黄茸茸的小花儿，引人入目。步出院落，阵阵扑鼻清香，远近飘流，无处不在，略带甜味润沁肺腑，实令人神爽心悦。园中仅有少数几株火红的丹桂，大多为银桂和有间色的琥珀桂。正如大词家女诗人李清照所吟："暗淡轻黄体性柔，情疏迹远只留香。何须浅碧深红色，自是花中第一流。"银桂之花瓣收集一起清洗干净，加入细糖可腌渍成桂花糖，加少许在糖羹、糕品中会大增香味，美甜可口。遂对巴兄讲，昔日我们老家后院的银桂树长得多好，家人不也曾将花瓣留存腌渍起来做桂花糖么？你该还记得每逢晨间未进书房读书之前，常把沿街叫卖的蒸蒸糕担子叫来大门前，用桂花糖和着少许猪油加在待蒸的五角形的小米糕上，蒸熟取出木盒时该有多甜、多香、多好吃呀！他微笑以答，儿时的回忆给人以甜甜的幽思。

住此几日中，每天凌晨起床后和晚间就寝前，我必一人步出院外，或散步园中林荫小道上，听树间小鸟唱和；或去湖边静坐椅上，沉浸于静谧的空灵中。18 日上午告别巴兄："我先回去了，半月后你也同样要返回上海了，那时没有山川之阻，不受路途之隔，三天两头自会常去医院伴你，也会有问题问你的。再会吧，上海见！"

1996 年 11 月初记于萦思楼

有新意就好

——读《世纪的良心》

《世纪的良心》是一本有关巴金学术研讨的论文集，为“巴金与二十世纪学术研讨会”善后工作同人所编，由上海文艺出版社新近刊行。研讨会于1994年春末在北京召开，算是巴金学术研讨第三次国际性的会议。本书就是这次会议所取得的成果。幸得一册，翻阅之余颇有一点想法，特此道出，为喜读书并关心巴金研究的同好们提供参考吧。

全书共分十二个栏目，近三十万字，却并非会议论文的全部汇编，《编后记》中写有这样的两句话表明了编辑意图：“这本论文集不应该仅是论文的汇编，而应力求使之成为能够反映巴金研究现状并有助于推动研究工作拓展的文集。因之，除了注重提高论文的学术质量和总水平外，还应在编辑方法上获得新意。”在下感兴趣的正在此“新意”二字，确又在阅读本书之中见到了“新意”，可谓言之不虚也。

凡事有比较方有鉴别，有争论才能深进。真理是愈辩愈明的。学术研究更应是“百家争鸣”，方得以促使其繁荣与昌盛。本次会议基于前两次国际性会议的成果进而拓展，恰又处于本世纪快要结束即将跨进新一世纪之际。巴金“几乎可以说是一个与世纪同龄之人”，会议正以“巴金与二十世纪”为命题进行研讨。显然这是主事者们有意作此安排的。在《代序》中冯牧就说了这样的话：“他（巴金）所创造的精神文化财富不仅属于中国，也属于全人类。……因此，当我们即将跨入新世纪的时候，有机会探讨‘巴金与二十世纪’这个课题自然会使人倍感亲切和重要。我相信，经过认真深入的研讨，将使我们更好地认识巴金，理解巴金，认识中国当代文学，理解中国当代文学，进而总结中国文学历史经验，对于当代文学健康地走向二十一世纪，也必将提供宝贵的、有益的启示和借鉴。”时代的召唤，响起了人们的回声。研究者汪应果、孙焰炎写出《从巴金—— 一个伟大时代的结束》论文，当场宣读，引起了与会者们的瞩目，且获得另一位研究者陈思和的热烈反应。惜限于时间与其他因素未得当场及时展开讨论，可陈仍于会后专函致汪提出不尽同意的某些看法，而汪又作复函答辩。编者乃将汪陈二位的文与函特设“巴金的时代结束了吗？”专栏作为“问题讨论”。虽然目前仅限于汪、陈二位之间，且还是个开端，尚有待于进一步展开，但确实是一个良好的开端。问题提得好，很及时，值得深入下去，既开研究之新风，复为今后的讨论辟出新路。汪、陈二君的观点正如他们自己所说有相同之处，又有不尽相同的地方，都有各自的依据各自的逻辑。我不打算在此占据篇幅，引证他们的论点（还是请读者自己阅读的好），我相信会有更多的研究者注意及此，也必有相同或不尽相同以及其他的看法。如果有更多的人来参与讨论提出问题，相互研究必会产生更多、更新、更深入的意见，岂不更好？有了交锋，大家争鸣，一反过去的“一面倒”，这不能不说是一件好事。争鸣就是好，值得张扬。此其一也。

再如书中《巴金佚信研究》一栏也是值得注意的一点，因为它有了新的重要的发现。近些年来出版、刊行了不少对巴金研究的专著和有关资料。国外研究者中日本友人素来注重资料的探索，通过资料借以论证作家的作品，分析作家的思想，从以往他们的不少论著中就不难发现，考据颇为周密。记得泉州黎明大学的一位朋友告诉我，日本研究者坂井洋史君为了加深了解巴金的无政府主义思想与活动，就曾先后八次来到泉州实地调查，搜寻资料，访问现存的巴金友人与有关人士，因为巴金有文道及三次去到南国看望朋友，还写作品描述了不少人和事。而今山口守君又远去欧洲，在“一家专门收藏有关无政府主义资料的一个小图书馆 CIRA”里发现了巴金写给欧洲无政府主义者的英文信共十六封和有关的一些资料目录。这确实是个新的重要的发现。正如山口守文中所指出："迄今业已发表的巴金书简多限于中国国内，就时代而言，也局限于一九三〇年以后，而足以揭示一九二七年巴金透过无政府主义所形成的遍及世界的人际关系，与外国人的书简，包括诸如：爱玛·高德曼那样明确无误地有过书信往来的在内，几乎全部资料皆未面世。"现在他不仅找到了30年代以前巴金写给高德曼和柏克曼二人的英文信原件，还发现了1927年到1950年间巴金写给：Max Hettlau、Boris Yelensky、《六人》作者Rudolf Roeker（也是无政府主义者）等人的信。这些信件的发现，不仅有助于研究巴金个人的思想，更可以看到"中国无政府主义者与西欧无政府主义者之间的交流"。当然跟西欧交流的并不止巴金一人，也如山口守君所指出："因为巴金的作品不仅存在于'现代'的中国之中，而且也为缔造'现代'中国本身作出了坚实的贡献。"这对于今后有关巴金研究不是提供了新的重要的可靠资料吗？这能不为本书再次叫好？此其二也。

至于书中其他栏目中显现的新意，就不一一再举了。记得巴金曾经说过他的作品已经完成了它的历史使命这样的话，可后来他自己又作了否定。因为周围发生的不少事实告诉他高老太爷的鬼魂还在四处游荡。为了要把"五四"以来的反封建精神贯彻到底，更为了建设社会主义美好的将来，他还得提醒人们，还得继续擎起那杆反封建的大旗。而今又临“市场经济”开始主宰一切之际，人们脑里的“商品意识”大大加强，似乎忘记了社会主义的道德观、价值观了，人际间出现了“赤裸裸的金钱关系”，“钱”主宰着一切。中国文化再次受到巨大的冲击。

1996 年 2 月 23 日巴金在他的《译文全集》第十卷的代跋中，再度提到有关道德伦理问题。跋中指出 :“《伦理学》的作者（克鲁泡特金）说，‘道德不是一门学问，它是做人的道理，是整个社会的支柱。……构成道德的三个要素，也是三个阶段 : 第一是休戚相关、相互帮助，这是社会本能 ; 第二是正义和公道，这是人与人相处的准则 ; 第三是自我牺牲，自我奉献，这就是道德。’我也有这样的看法。”（见《文汇读书周报》1996 年 7 月 6 日）所以他常说“生命的意义在于奉献”。而且也这样要求自己，要做到言行一致。九十三岁的老人在回忆他半个多世纪前翻译的译本时记忆犹在，思路依然清晰。尽管这些年来病痛缠身常住医院疗养，仍忘不了人民，忘不了读者，关心着外界发生的一切，系念着国家、民族的命运。历史要前进，时代在变换，人们的思想认识也必然随着客观环境而起着变化。在人类历史进程至为重要的 20 世纪中的中国更是经历着一个千变万化、大起大落、欢乐和悲痛、可歌复可泣的艰巨历程，这一切也必然会深深刻印于走在这条道上的人的心上。巴金不能例外，他的作品（当然也包括信件）正是他的心声。新的发现，新的文章不是更有助于巴金研究么。

“世纪的良心”本是戏剧大师曹禺祝贺会议的一句赞词，看来叩开了与会者们的心扉，获得了广泛的回声，因以命题本书吧。曾临会讲话的冯牧、荒煤同志都已先后去世，更没想到走在同一条道路上、还小巴金六岁的老友曹禺也未能跨越这个世纪，竟于半月前悄悄先去了，巴金知之能不悲乎？人虽不在，清音永存。为本书撰写此文时也不禁哀思泉涌潸然湿襟了。

1996年岁末前一日

相似和相异

——巴金与丽尼

在同时代人中巴金有着各式各样的朋友，其中不少人都与他结下了深厚的友谊。至于作家本是同行，自不用说，那真是好友数不清！就说老一辈的冰心大姐这位与世纪同龄的老人吧，而今他们彼此都年近期颐，无法握笔，仍音讯未断，相互关怀，友情难忘啊！再如已去世的茅盾、叶圣陶、郑振铎、沈从文、靳以、曹禺、李健吾、丽尼、老舍、沙汀……这些同行好友，可以说大都是“以文会友”而结下难忘之谊的。其中丽尼却有些不同，他们的初识并非是以文会友的同行，而是丽尼于20年代后期来上海就读劳动大学之时，先认识了巴金的朋友毛一波、朱梅等人，因之得识巴金，显然是为着一个共同的理想聚到一起，才得订交、进而结下了友谊的。至于丽尼成为散文家进入文坛，那又是几年以后的事了，还多少跟巴金有着点儿关系哩。可以这样说，巴金与丽尼是有着双重关系，情谊不同一般。

十年大混乱中身经“百斗”的巴金并没有如“四人帮”之愿“自行消亡”。拨乱反正后，他重新拿起了笔，在撰写他的《创作回忆录》时，写的第一篇文章竟是谈与丽尼有关的中篇小说《春天里的秋天》。说来也巧，1978年的夏天，巴金会见了两位来访的瑞典文化界人士，收到了他们赠送给他的一本瑞典文的《春天里的秋天》译本。这本书的出版还早在六年前的1972年，那时巴金还被押在“牛棚”里，作品被判为“邪书”“毒草”不说，人身也失掉自由，挨批挨斗，受尽了种种非人的待遇。此时此刻见到此书的译本能不引起他的万端感触？因之找出自己所写的原作，翻看到深夜。在这篇文章里他是这样表述的：“这是一个多噪音的炎热的夜。我不想睡，我翻开书，一页一页地翻着看着……我想起了四十六年前的事情。那是一九三二年的春天……我到福建晋江去看朋友。在那个南方（古城）我有好些朋友，有的是本地人，有的是从上海去的，他们在两所学校里当教师。”丽尼就是文中说的从上海去的朋友之一，也就是小说里描述的那个爱情故事的主角、教授英语的老师。他借用了他的部分经历写成这部小说。不幸的是他的这位在中华人民共和国成立后定居北京多年的老友，于“文革”前夕1966年初就被“发配”到暨南大学教书去了，也未能逃过“文革”这一大劫，挨批受斗给关进“牛棚”不说，祸及老伴，被扫地出门从北京押送到广州。丽尼赶至车站却未得相认，失之交臂，心痛欲裂，精神恍惚，不两日即惨死在田间劳动之际。时在 1968 年的酷夏。巴金知道这噩耗时已经是十年之后。痛念老友，为之不平，半年后的 1979 年 3 月再度为文写下《随想录之十二·关于丽尼同志》，简述了丽尼清白的一生，并对他的散文推崇备至，以未能替他编第四本散文集子而表遗憾。

丽尼为文始于 20 年代后期，那时还在武汉。直到 1933 年他的散文诗组《黄昏之献》和另一组诗，经巴金的推荐分别登在北方的大型文学杂志《文学季刊》和上海的《文学》月刊上，才因而获得了读者好评，引起文坛人士的瞩目，与何其芳、陆蠡同时成为名扬斯时的散文家。此后他的散文相继经巴金之手编成《黄昏之献》《鹰之歌》和《白夜》三本集子，先后收入由文化生活出版社发行，巴金任主编的“文学丛刊”的第一、二、四辑之中，包括后来未曾入集的若干篇章，也都经巴金之手发表在文化生活出版社发行，靳以主编的《文丛》月刊上。为什么丽尼的散文会获得巴金如此的喜爱，不遗余力地推荐给广大读者？不禁让我联想到吴组缃在《中国新文学大系》(1927—1937) 散文卷的序里的一段话来：“因发扬五四以来民主与科学的精神形成了说真话的风气，讲肺腑之言，抒由衷之情，写真切的见闻与感想，干扰虽多顾忌不大。作者仍能各有表现，‘人心不同各如其面，物之不齐物之性也’，其多彩多姿比过去更为耀目。”巴金自己就曾宣称他是五四的产儿。在谈到他写他的第一本小说《灭亡》时就说过这样的话：“我有感情必须发泄，我有爱憎必须倾吐，否则我这样年轻的心就会枯死。”而丽尼的散文正是“讲肺腑之言、抒由衷之情”，所写不单是“真切的见闻与感想”，有更多的是自身的经历。你看他在《黄昏之献》中一开始就直露胸怀地唱道：“断裂的心弦，也弹不出好的曲调……”那展示心灵，吐诉哀伤，控诉黑暗，盼望黎明的真情实意，跃然纸上，贯穿于他的整部作品之中。真是情文并茂，感人至深。这不正与一贯主张讲真话“把心交给读者”，倾诉自己心声的巴金之作相通么？他们的作品都是以洋溢着内在的丰富感情而扣动了读者的心弦！加上丽尼坎坷多灾的生活与经历，爱情上遭遇到的挫折与创伤，又怎能不赢得一贯反对封建专制，不合理的社会制度，不自由的婚姻，替遭受摧残的青年男女鸣冤的巴金的同情、理解和支持！且看看巴金在《春天里的秋天》一书序里的一段话：“我的许多年来的努力，我的用血和泪写成的书，我的生活的目标，无一不是在：帮助人，使每个人都得着春天，每颗心都得着光明，每个人的生活都得着幸福，每个人的发展都得着自由。我给人唤起了渴望，对于光明的渴望，我在人的面前安放了一个事业，值得献身的事业。

然而我的一切的努力都给另一种势力摧残。在唤醒了一个年轻的灵魂以后，只让他或她去受更难堪的蹂躏和折磨……《春天里的秋天》不只是一个温和地哭泣的故事，它还是一个整代青年的呼吁。我要拿起我的笔做武器为他们冲锋，向着这垂死的社会发出我的坚决的呼声，‘Je accusen’（我控诉）。”

巴金和丽尼都曾到过南方，在那儿生活过一些时光。那里有着他们共同的朋友。那儿发生过的一些事，使得他们各自均有不同的感受，而表现在各自的作品里相同的却正是那向往理想、怀念朋友、渴望革命的心情。巴金曾三次去泉州（即晋江）看望朋友。1933年在他的《南国的梦》一文里就曾这样写道：“这古城是我常来游玩的地方，因为这里有我的不少的朋友，他们都是我所敬爱的。和他们会见便是我生活里的最大的快乐。这欢乐至今还温暖着我的心。”六年后的1939年在《黑土》中又作了如是的回忆：“在这里每个人都不会为他个人的事情烦心，每个人都没有一点顾虑，我们的目标是群（巴金原曾计划写一部长篇小说书名就叫《群》），是事业；我们的口号是‘坦白’。在那些时候，我简直忘掉了寂寞，忘掉了一切阴影。个人融合在群体中间，我的‘自己’也在那些大量的友人中间消失了。友爱包围着我，也包围着这里的每一个人。这是相互的而且是自发的。”在此之前还曾把所知道的某些人和事加以渲染写成小说；

《雨》《电》《雷》等。直到半个世纪以后他在《随想录之一四七·怀念非英兄》一文中还这样写道:“我去看望他们，因为我像候鸟一样需要温暖的阳光。我用梦想装饰他们的工作，用幻想的眼光看新奇的南方景色，把幻梦和现实混淆在一起，我写了那些夸张的、赞美的文章，鼓励他们，也安慰自己。今天我不会再做那样的好梦了。但是我对他们的敬佩的感情几十年来并没有大的改变。”

丽尼不同于巴金，他不是一个短暂的来访者，他曾经是那儿“群”体中的一员，是受到外界的压力而被迫不得不离开这个“群”体的。因之当他回忆起那儿的某些人和事，依然能使他忘却眼下的忧愁“变得在黑暗里觉着兴奋了”。在散文《鹰之歌》里，他就满怀激情地这样写道:“南方是有着太阳和火焰的地方，那些年头啊！那是热情的年头！……谁不曾愿意把生命当作一把柴薪来加强正燃烧的火焰！……我们曾经说过:‘在火焰之中锻炼着自己。’我曾经感觉着一切旧的渣滓都会被删除而由废墟中会生长出新的生命。”他还讲述了一个女友的小故事，说她如同一只翱翔在天空中的鹰雏一样，飞呀飞的，一次夜晚飞出去了，可就此没有飞回来，一个月后他竟在那曾经相聚说笑过的公园里，他发现了她的被枪弹贯穿了的尸体。遂即低声吟道:“南方是遥远的，但我忆念着那南方的黄昏。南方是有着鹰歌唱的地方，那嘹亮而清脆的歌声是会使我忘掉忧愁而感觉奋兴的。”两相对照，二人的思想感情不是极相似么？

丽尼离开泉州后，辗转又回到故乡武汉了，在一所美术学校教授英语，跟一个习钢琴的女生许相爱了。许同样有一个顽固专制的父亲，知道了此事，以剪刀和粗索相逼，幸得母亲和哥哥的帮助，得以逃离虎口，只身搭船去南京投奔亲戚。丽尼知道这消息匆忙赶去相送，不愿让她孤身独行，遂即随船相伴而去。船到南京竟得友人之助，让出自己住屋促成他们的婚事，丽尼自此有了个幸福的小家庭。而这位朋友正是昔日在泉州黎明高中教过书的同事，也是巴金的好友陈范予。陈曾多次向巴金赞叹这对反抗专制婚姻的爱侣的勇敢行为，并为自己能替朋友出力而感到高兴。

巴金未能直接参加这个“群体”工作，丽尼被迫离开了这个“群体”，当然都有各自不同的原因，然而往往在向往理想、缅怀友情的同时，又都不禁感到寂寞以致难奈于自己的写作生活进而不满意自己，渴望投入革命，做一点更为实际的工作。巴金就曾经说过：“为了做一个真实勇敢的人，为了忠于我自己的信仰，为了使我不致有亲手割断我的性命的一天，我应该远离那些文人，我应该投入在实际生活里面在行动中去找力量，如我在《灵魂的呼号》中所希望的。”（《巴金全集》第十二卷）丽尼虽然没有像巴金那样明朗地说自己的信仰，但二人时不时在各自的作品中吐露出内心的苦闷与思想上的矛盾却极为相似。不妨把二人在这一段时期写的作品略作比较便可看出一点端倪。

巴金在《我的梦》一文中曾这样写道："我不喜欢夜，我的夜里永远没有月亮，没有星，有的就是寂寞。然而不知道什么时候起我有了一个朋友。我的心上常常起了轻微的敲声。我知道那个朋友来了，他轻轻地推开了心的门，进到我的心里面。'你放下笔'，他命令说。我顺从地放下了笔。'你今天又写了几千字了！'他嘲笑地说。'这有什么用处？谁要读你的文章？……几千字、几万字、几十万字……你不过浪费了你自己的生命。……你整天整夜地写着，你的文章在吸吮你自己的血，吸吮排字工人的血，吸吮那些年轻读者的血。你真是在做梦啊！……文章和话语有什么用处？……到现在人类还被囚在一个圈子里互相残杀。流血、争斗、黑暗、压迫依旧包围着这个世界，似乎永远就没有个终结。文章粉饰了太平，文章掩盖了罪恶，文章麻醉了人心。……那个朋友站起来，向门口走去，他气愤地关上我的心的门。……我抛下笔，我把原稿纸全掷到地上。我说，以后不写文章了。……"（《巴金全集》第十二卷）

再看看丽尼的《夜间来访的客人》一文中又是怎样表述的："对着惨黄的灯光看着一根根发颤的丝，听得街头渐渐变为沉寂，几乎连一叶落地的声音也竟能听出，于是，我知道夜晚已深，一天将要过去到远远的望不见的地方去了。这样心里就觉着寂寞。……我轻轻地叹息了，想起了一句熟识的诗句，于是，提起笔来在纸上轻轻写道：‘如今，希望是写在水上的。’……‘你又在写什么？’一个声音突然在我身后响了。我感觉惊异回转头来。……‘你不认识我么？’……‘也许你不认识我，可是我是认识你的。你时常写，并且时常叹息。你很寂寞么，是不是？’陌生的客人，却真像个熟识的朋友似地。他拿起了那张薄纸，缓缓地念着：‘如今希望是写在水上的。’‘你白天也叹息么？那么你白天也写的是这样的话’……‘你看见人吃人肉，人喝人的血么？’……‘你们是寂寞的人，是苦人。我知道。希望是写在水上的。我知道这话写得很好。可是你能同样真切地写点别的么？我看得够了，我受得够了。我听着你每晚叹息，我听着你每晚写。你也许会流泪，是不是？寂寞受苦，受罪，为自己为世人？但你能说得明白人吃人肉，人喝人血的事么？你能为那给人吃给人喝的人回答一些简单的问题么？他盯着我，好一会。于是朝着房门疾疾地走去了。……夜深了。我伏在案上，望着我所写下的一行字句。我把那张薄纸抓了过来，一片一片地撕成粉碎。”（《鹰之歌》第126页，文化生活出版1936年初版本）

两文对照不难看出他二人都怀疑自己的写作，不满意自己，谴责自己的无能，写出的多是没多大用处的文章。借他人之责问，以抒发内心的苦闷，严格地解剖自己。何其相似乃尔！

相异的是后来丽尼确实抛弃了他那抒情之笔，以至远离文坛，什么原因不详，可能出于沉重的生活负担与精神压力，使得他难以再用文章吐述胸怀吧。巴金却不然，虽然也说过“还有一种比艺术更有力的东西吸引着我，它随时都会把我拉去，使我完全抛弃文学的创作，我时时刻刻都准备对它屈服。我的生活就是在这种矛盾中度过的。”（见《巴金全集》第十二卷第244页）“我常常绝望地自问：难道就不能做一件更有用的事情，我是从下人中间出来的，我应该回到他们里边。”（见《巴金全集》第十卷第8页）他也曾“沉默”过一段时间，却始终没有抛弃这支笔，文学创作这是他唯一的武器，“为了战斗，为了揭露，为了控诉，为了对国家、对人民有所贡献”。

1935年夏天文化生活出版社成立了，参与创建的吴朗西是他二人昔日的志同道合的朋友。这下子找到了一种既与自己写作有关又可以直接联系社会的工作，符合理想。这是个可以献身人民的事业。二人原有的思想矛盾取得统一，内心苦闷暂时解除。于是就全身心地投入这一新的工作中去了。创建诸友还取得共同的认识，为了扶持这一合乎理想的崇高事业，大家相约不谋获取，尽只兼职不拿报酬的义务劳动。巴金一干就做了好多年的义务总编，丽尼因为有家室之累难以长期兼差白尽义务，由于本身工作有了变动，没两年就不得不离社他去。

巴金和丽尼又都较早地从事翻译工作。二人都特别喜爱19世纪俄罗斯文学，似乎对屠格涅夫情有独钟。30年代前期一次同游西湖，包括也在泉州教过书的陆蠡在内，流连于九溪十八涧的自然风光的同时，竟相约分别认译屠格涅夫的六大长篇名著。陆蠡选上《罗亭》与《烟》，丽尼认译《贵族之家》和《前夜》，巴金则摊到《父与子》与《处女地》。后来这六本书全由文化生活出版社陆续印出，收在巴金主编的"译文丛书"中的《屠格涅夫选集》里，深受广大读者喜爱，流传至今。以后巴金还选译了屠氏的《散文诗》以及他的某些中短篇小说。丽尼60年代远赴暨南教书，书箱里携带的仍是屠氏的俄文原版全集。巴金在谈论自己创作时，在《谈我的短篇小说》一文中更直认不讳地声称，"我学写短篇小说屠格涅夫便是我的第一个老师"。

丽尼虽然没说过与巴金相类似的话，但表现在他的散文里的某些篇章，于取材与表现方式方面以及感情的吐露均不难看出深受屠氏的《散文诗》和《猎人日记》二书的影响。其实他们在俄罗斯文学中并非仅限于对屠氏作品的译介。巴金还心仪托尔斯泰与赫尔岑，曾译介过赫尔岑的《一个家庭的戏剧》和《往事与随想》，他说："赫尔岑的文章很有感情，他用自己的感情打动别人的心，用自己对于未来的坚定信心鼓舞读者，我受他的影响很深。”（《巴金全集》第十九卷第 501 页）称赞赫尔岑是个文体家。直到晚年为文还一再提到要向托尔斯泰学习，学他的言与行的一致。30 年代初巴金翻译高尔基的短篇小说，于“《草原故事》小引”中一开始就说：“近年来一种渴望不断地折磨着我的心，生活在这个‘狭的笼’中，我渴望着广阔的草原，高大的树林，以及比生命还要宝贵的自由。然而现实的黑暗给我摧毁了这一切。我只有在这生活的废墟上悲哭。可是其间也曾有过好梦来安慰我。据说俄罗斯人是善于做梦的。他们真是幸运儿！……高尔基自然是现今一个伟大的做梦的人。这些草原故事便是他的美丽而有力的仙话。它们的价值凡是能做梦的人都会了解。”（《巴金全集》十七卷第 140 页）并不止一次地在别的短文中讲到“丹柯的心”。他衷心地愿把自己的一颗赤诚的心，像丹柯那样呈献给人们，也正是这样赤裸裸地表现在他的作品中。

同样丽尼也译介过高尔基的小说《天蓝的生活》。这本书较早地列入“文化生活丛刊”的第十种而印出。再来看看丽尼写在《后记》里的一段介绍吧：“高尔基在这一作品里以精彩的画笔出色地描写了每个留心帝俄末期的文学的人所熟知的，也就是那特色了的自契诃夫以来所有伟大作家的大部分的主题——知识阶级的苦恼。在那悲惨的混沌的现实之下，一个知识者如果不变成色情主义者或神秘主义的，不变成梦想者或现实生活里的逃避者，不变成平凡的讨老婆生孩子的庸俗者或卑鄙的市侩，那么，就只有一条路就是变成疯狂。在高尔基的笔下，这悲惨的现实是鲜明显现了出来的。”后来在40年代前期丽尼虽已脱离了文艺界，他仍然译出了契诃夫的《海鸥》《万尼亚舅舅》等三本名剧，斯时也正是他处于“沉默寡言”的苦闷时期，在国民党一个军事训练机关里编译军事资料。

他们在阅读选译外国文学著作时，不是单纯地为介绍而介绍，面对广大青年读者，针对时代国情，是内涵丰富有着一定的现实意义的。说到这里使我不禁想起巴金在“文革”期间挨批挨斗之时曾经背诵过但丁的《神曲》，他视“牛棚”犹如“地狱”，开始有所觉醒了。在他获得“第二次解放”重新拿起笔写的第一篇文章《一封信》里就曾回忆到在那苦难的岁月的后期他翻译《往事与随想》时的情境：“我每天翻译几百字，我仿佛同赫尔岑一起在十九世纪暗夜里行路，我像赫尔岑诅咒尼古拉一世的统治那样咒骂‘四人帮’的法西斯的专政。我相信他们横行霸道的日子不会太久……”至于丽尼是怎么想的就不得而知了。不幸的是他没能获得第二次解放就惨死于水田之中了。

由于各自的出身经历和所处的环境不同，他们表现在作品中的苦闷思想与矛盾心理也就有所两样。丽尼自农村飘流到城市，从小就过着孤苦伶仃的生活，饱经沧桑，又较早地受到爱情的播养。他从来不愿意诉说自己的过去，就是对自己的亲人也是如此，虽然小巴金五岁，却先有了妻小的负担，应该说他是一位忠于爱情反对封建专制的勇敢斗士。他到上海后曾随同他的同乡老友参加过“剧联”和“左联”的种种活动，甚至不计自身的安危掩护同志。抗战开始战友们都先后踏上了革命的征途奔赴延安，唯独他由于妻小的拖累，几经考虑终于中途退下。真是向往革命又难以直接投入革命，顾虑重重，思前想后，往往陷于苦闷、迟疑与徘徊中而难以自拔。由于环境的一再改变连写作也不得不失去了，放弃了直吐胸愫之机，自此脱离了文艺界。即使在那“难熬的日子里”，他也没有忘记祖国、忘记人民、忘记革命，默默地暗中做着有利于人民、有利于革命的事。连一位叫白杰明的澳大利亚人也为文赞说“丽尼有非凡的功劳，理应载入史册”。

巴金则生长在城市里的一个封建大家庭里，很早就受到新思潮的影响，还在少年时，读到克鲁泡特金的《告少年》小册子就为之感动，他自己回忆说：“从《告少年》里我得到了爱人类爱世界的理想，得到了一个小孩子的幻梦，相信万人安乐的社会就会和明天的太阳同升起来，一切的罪恶都会马上消灭。”从此他找到一个理想，立志要做一个革命者，献身给人类，宁愿牺牲个人幸福，以至自己的性命也在所不惜。那时他根本就没有想到爱情和结婚，结识了不少朋友，一起从事社会活动，等到他学会并掌握了一种外国语言时，立即动手翻译克鲁泡特金的哲学著作，当然还埋头钻研有关的其他人的作品。十年后更译介克氏的《我的自传》一书，并在“代序”里对他的一个弟弟讲：“在你还没有走入社会的圈子，接触实际生活以前，指示一个道德地发展的人格之典型给你看，教给你一个怎样为人，怎样地处世的态度。……他一生只想做一个平常的人，去帮别人，去牺牲自己。”1996 年 3 月，这位已是九十二岁高龄的老人，在他的《译文全集》第十卷的代跋中还提到有关道德伦理的问题，他说：“《伦理学》的作者说：‘道德不是一门学问，它是做人的道理，是整个社会的支柱。……构成道德的三个要素，也是三个阶段：第一是休戚相关、相互帮助，这是社会的本能；第二是正义和公道，这是人与人相处的准则；第三是自我牺牲，自我奉献。’这就是道德，我也是这样的看法。”还说，“一个人想要长久活下去，只有把生命奉献给社会奉献给人民。道德不只是利他的，也是利己的，奉献不仅是为别人，也是为自己。生命的意义就在于奉献。”由此可见克鲁泡特金的人格力量对巴金影响之深。他曾不止一次地说：“我有信仰。”即使处在极端痛苦时也不失自信地说：“我并不迟疑，并不徘徊，甚至在最可怕的黑暗里也不曾失掉过信仰。但我却永远摆脱不掉痛苦，因为永远在感情与理智的冲突中挣扎，在思想行为的矛盾中挣扎。……甚至到现在还不得不拿起笔在白纸上写黑字，我还不能够走另一条生活的路。我的痛苦不是没有原因的。”(《巴金全集》第十二卷第 474 页）他讷于言，无法教书，限于个性更不愿到任何一个机构去做个职员。无意间走上了文学的道路，而且取得了意外的成绩。就此用笔作武器去进行战斗，吐露感情，他没有旁的选择。文化生活出版社创立了，找到了一个合乎自己性格、较为理想的事业，心理上取得了平衡，内心的苦痛得以缓解，于是他全身心地投入这个事业中，白尽义务也在所不惜，人生本是为了“给”，不是为了“取”。可他仍然没有放下笔，因为他还得生活。好在他家累不重，直到四十岁才结婚。所幸稿费收入还能维持他那简朴的生活。直到“文革”后的 1989 年他回答一位来访的记者还说 :“对无政府主义我信仰过，但在认识过程中，一接触实际，就逐渐发觉它不能解决问题，所以常常有苦闷，有矛盾，有烦恼。这样我才从事文学创作。要是我的信仰能解决我的思想问题，那我的心头就没有苦闷，没有矛盾，没有烦恼，我早就去参加实际工作，去参加革命了。但是实际上不是如此。这才把文学创作作为我自己主要的工作，由此来抒发自己的感情。在我的思想中有人道主义、民主主义和爱国主义。……过去无政府主义者反对爱国主义，但是我后来又是个爱国主义者。并不是我要有爱国主义就有爱国主义，而是通过实际，在生活上的经历，看到帝国主义对我们的侵略，人民受到欺侮，自己也深受其害，才意识到原来中国人连最起码的权利都没有，这样就觉得要爱护自己的祖国，要反抗外敌的入侵。”（《巴金全集》第十四卷第485页）这也是他和丽尼之间有相近似而又有不尽相同的地方。

丽尼童年时曾一度受过宗教的洗礼，可是“圣耶稣的荣光”并没有赐给他以欢乐，却让他踯躅在无边的黑夜中。生活启发了他的智慧，革命的理想给他展示了未来，终于突破忍受，发出吼声。在《最后的显示》（《黄昏之献》）一文中讲述《圣经》里边的一个小故事，借以色列少年之口叫出：“显现出来，你屠杀者，不要把脸面藏在云端！开口吧，不要给我们以不清白的雷响。威吓是没有用的，你渺小的神，我们有无穷的镇静。”少年要“撕破黑暗的面罩，求得生命存在的权柄”。这显然是丽尼借笔向旧社会、旧制度的独裁者的吼叫，反对神权，反对专制。这篇文章写于1930年，看来丽尼虽然没有宣称过自己的信仰，可他在劳大读书时接受过当时十分活跃的种种新思潮的影响，特别是后来跟同乡好友荒煤、张庚、吕骥等人积极地参加“剧联”和“左联”的一切活动。这不能不说对他后来思想的发展与变化起着极为重要的作用。

巴金在《狱中记》的译后记里也曾提过昔日在巴黎

求学时，拜访过柏克曼。还说清晰地记得柏克曼的一封回信的信笺上鲜明地印有："没有神，没有主人"的字样。那时他早建立了自己的信仰，当然是个无神论者，不相信神。岂料半个多世纪后的1993年他竟又以《没有神》为题写下不足两百字的一篇警世短文。因为他发觉自己曾经做过"精神奴隶"，顶礼膜拜、相信"天王圣明"，以致成为一个"奴在心者"的人，自己也"由人变兽，做过一切噩梦"。"一场可怕的大梦啊！"其实他在1989年曾说过这样的话："思想随着现实的考验，总有变化、发展。我的思想不但几十年来在不断变化，即使最近十年来，在我写《随想录》开始时，对有些问题的看法，到目前也有所不同了。"回忆到中华人民共和国成立前夕时他还说："我看到人民拥护中国共产党，我想我应该与人民在一起，不能离开人民，这就留了下来。我说，我要改造自己，从头学起。"(《巴金全集》第十四卷第487页）所以他不仅自己留了下来，还劝说别人留下来不去台湾。他又哪能料得到后来发生的事，自己像喝了"迷魂汤"似的相信起"神"来，以至"文化大革命"的产生？他至今想起来"心还在发痛，还在出血"。使得他在这篇短文的最后还语重心长地说："没有神，也没有兽，大家都是人。"1995年6月在《'十年一梦'增订本序》里又重申"任何梦都是会醒的"。不管怎么说，他终于写出了一部震撼时代的巨著，一部讲真话的大书。

丽尼同样是在中华人民共和国成立前夕，没有跟随所在机关飞往台湾，毅然地携带妻小从广州回到重庆，迎接解放的。不久即与老友荒煤取得联系赶赴武汉参加到革命队伍中，从事编辑出版工作，同样“文革”开始后也由人变成了“牛”，关进“牛棚”，挨批挨斗。他是否也曾“入过梦”，做过“精神奴隶”拜过神，相信过“天王圣明”？这就不得而知了。自新中国成立后，他仍未重新拿起笔，吐露心愫，大抒情怀。巴金臆测说：“可能是过去那一段时间的生活像一个包袱沉甸甸地压在他肩上，让他举步艰难。”想想在那天天月月年年都要讲阶级斗争的岁月里，有着历史问题的人（丽尼曾在国民党军事机构里供职过），日子是不太好过的。如果他也真的“入过梦”的话，“文革”开始不过两年他就被“改造”而死于水田间了，恐怕尚未及梦醒吧？也许他早有所悟，可惜没有留下一字片语，让人寻思。他的老友荒煤同志在《告慰丽尼》一文中说：“巴金赞扬丽尼是一个心地善良的老好人，清清白白寻寻常常的人。可是现在我更深切地看清了安仁（丽尼本名）的灵魂。他对党、对革命、对革命文学事业，始终怀着不寻常的深沉和真诚的热爱！”

依我看就做人而言，这又是他二人相近似的地方：都是善良、真诚、纯洁、清白的好人，都相信人民、相信革命、拥护共产党，又都对祖国、对人民、对革命、对革命文学事业“怀着不寻常的深沉和真诚的热爱”。他们都有他们自己的气质与品格，一生都只想做“一个平常的人，去帮助别人，去牺牲自己”。

1997 年香港回归日前夕写毕

友情难忘　苦痛在心

——读巴金《怀念曹禺》有感

读完巴金新作《怀念曹禺》，真叫我心情振奋，思潮涌伏，忍不住去函养病杭州的巴兄一吐胸愫。我说：“一读、二读、三读，感动十分，想不到差五年你就一百岁了啊。而今天你写出的文章，一如既往，风格依旧，平实流畅、激情洋溢，只不过感情显得比以往更加深沉厚重了。该是这多年来生活经历之所致吧？读着文章，你完全不像一个病魔缠身多年、生活已无法自理的老人，思路依然敏捷，记忆仍旧清晰，感情还是那么充沛，精神还是那么昂扬。疾病虽然损伤了你的肢体，可丝毫也未能影响你的心灵。太叫人高兴了，文章会给关心你的读者以莫大的慰安。人们都会为你的健康而欢呼，高兴！”

也许在一般人的眼里，这篇两千七百字的文章并不算长，出自一位文坛老将的笔下，算不了一回事。可了解你实际情况的人，特别是近在身边的亲人、朋友，就知道这并不是那么容易的事了。因为文章并不是从你笔下流出来，而是一字半句从唇齿间费力地吐出来的。因为病，你手发颤，握不稳笔，写字困难，有时连签个写了七十多年的笔名，也还要身旁的人帮忙扶持一下，才能顺当完成，否则字的笔画会歪扭得不像个样儿；由于病，语言也受到阻碍，身弱气短，口齿不清，要说出一句完整的话，有时也相当困难，往往只见唇动，却发不出音，还必须在精神状态较佳，血压平稳的时候。女儿记录（外人即使听到也辨别不明），断断续续，文章虽不长，一天只能吐出几十百把字，怎能不要一个月？如果没有一颗燃烧的心，一股炽热之情，一个奉献自己的坚强信念，能坚持到底，写出这样文短、意长、情深的感人之作？“把心交给读者”，这是巴金毕生的信念。

“人生难得一知己”。巴金素重友情。六十多年的交往非同一般，何况一开始就不寻常，真是以文会友啊！巴金读了曹禺的处女作深受感动，佩服他的才华；而曹禺以作品得巴金的推荐进入文坛，幸得知己。友谊就这样从30年代中期开始了。当《雷雨》在东京演出时，巴金连看了三天的戏，还说，我为家宝高兴。曹禺第二部名著《日出》又是在靳以与巴金合编的《文季月刊》（良友图书公司发行）上发表的。《日出》上演时，巴金主持的文化生活出版社还印发了演出专刊，刊有演出剧照，好像还是凤子饰演的陈白露。《日出》还获得了当时《大公报》的文学作品奖。抗战爆发了，朋友的联系虽然一时失去，可友情未断，作品依旧流传坊间。巴金仍然把朋友的新旧作品一本继一本地编入自己主编的大型文学丛书《文学丛刊》里，介绍给读者。他办出版社、编丛书，其主旨就是要编印出“内容充实、印刷精良、定价低廉，没有一本读了一遍就不要再读的书”。40年代初，两个朋友再会于四川江安县，那时曹禺任教的国立戏剧专科学校已由南京迁移至此，巴金是专程前往探望的，在曹禺家的小楼里巴金住了六天，畅叙离情，“谈了许多友情，交出了彼此的心”。其实他们之间的心灵早通过《雷雨》手稿就已经相通了。谈到写作，这时曹禺想改编小说《家》，巴金立即给以鼓励，认为：“他有他的‘家’，他有他个人的感情，他完全可以写一部他的《家》。”巴金在桂林读完曹禺改编的《家》的手稿后说：“他写出了他所有的爱和痛苦。那些充满激情的优美的台词，是他心底深处流淌出来的，那里面有他的家，有他的恨，有他的眼泪，有他的灵魂的呼号。他为自己的真实感情奋斗。”这些话不也就是巴金自己作品的写照？巴金曾多次阐述他写作品就是为了倾吐自己的感情。所以我们也可以这样说：他们两人（一个文学巨匠、一个戏剧大师）的作品都是以内在的激情而震撼着读者的。曹禺的剧本《家》，确有他自己的东西，有他自己的再创作，从另一面再次突出了小说《家》的主题，更形象地刻画出三个善良年轻的女性的悲剧。

“生活的激流是不会停止的，且看它把我载到什么地方去了。”这本是巴金《激流》三部曲总序里的最末一句话。1966年的夏天，亚非作家会议在上海闭幕（这时“文化大革命”已经开始了）后，他们把外宾送走了，曹禺得立即返北京，“分手时两人心里都有很多话，却没有机会说出来”。各人的头上都悬着一把达摩克斯利剑，不知自己的命运将如何！直到1978年两人方得相见，巴金才把三十六年前读了《家》的改编剧本手稿后想要对曹禺说的心里话吐了出来。这时两人经历了十年的风霜、斫伤之后，已经是满身创痕，都失去了身边最亲密的伴侣，其痛苦可想！巴金说得对：我们总算挺过来了。作为作家想到的还是自己的创作，被剥夺了整整十年的写作权利，终于回归手里，就急着要拿起自己的笔，要把失去的时间（多么宝贵的十年！）追回来。各人都有自己的写作计划，彼此鼓舞，相互督促。巴金在《随想录之六·毒草病》中一开始就讲到曹禺，他语重心长地说：“希望你丢开那些杂事，多写几个戏，甚至写一本小说（因为你说想写一本小说）。……把你心灵中的宝贝全交出来，贡献给社会主义祖国。”紧接着在《随想录之十·把心交给读者》中自我表白道：“我把它当作我的遗嘱写……我还要争取写到八十，争取写出不是一本，而是几本《随想录》。”曹禺同样来劲了，找人谈话，搜集材料，他要把昔年未完成的剧本《桥》续写出来，在给女儿万方的信中还说：“这几年，我要追回已逝去的时间，写点东西，不然我情愿不活下去。”“我现在为了自己最后的创作下了决心，坚决搞下去，只有乘这股热气，这点灵气好写下去。我多年没有这种感觉，没有这种创作的愿望了。难得能写，想写，这对我来说是一刻千金的时候。”不仅是《桥》，他还想写好几个戏，都有了初步的打算，可惜全没能完成，“疾病使他不得不放弃，不得不离开心里的多色多样的人物”。疾病终于夺走了曹禺的生命。早在十多年前他就对老友说了这样的话：“我要死在你的前面，让痛苦留给你……”我想他写这话时内心一定十分沉重，充满了矛盾，充满了苦痛。这话里有话啊！他没有写出新的作品，让老友失望，料定巴金一定会为他而痛苦。说实在的他自己又何尝不痛苦。悲乎！“他真能走得那么安详吗？”了解曹禺的还是巴金啊！

1998 年 5 月 20 日

巴金与孩子

两个月前，在秋风送爽桂子飘香的季节里，中秋佳节的次日，我又到了西子湖畔西子宾馆。今年虽然来迟了些，可是一跨出车门，股股幽香立即扑鼻而至，原来小道旁的三株银桂，已是满树黄花累累，凸出于绿叶之上，十分耀目。立在这充满清新鲜甜的大气中，禁不住要作深深的呼吸，人似乎也觉得轻松舒畅了一些。快步进入小院，厅里静悄悄的，正当午睡之际。服务小姐领我进入客房，也趁机躺于床上小憩了会儿。听说节日前访客不少，巴兄颇感疲倦，究竟是九十多岁的带病老人。见到他已是下午近4时了。在把家人、朋友们的问候转达之后，就叙说起9月下旬应邀去大别山下参加上海文艺石关希望小学落成典礼的感人情景。我道，那天（26日）早饭后从合肥出发时还是个多云天。车子驶入山区，沿山道盘旋而上，窗外逐渐出现了小雨点。临到下车时，雨可落大了。而这时列队道路两边的小同学们却是光着头手挥彩旗，口喊欢迎，那热烈场面，真不知说什么好，也只有同样挥着手，回答：同学们好！谢谢！进了学校，我们建议立即召开大会，简化议程，尽量缩短时间，不能让小朋友们久淋雨下，那样会生病的。在同学代表朗读了《致巴金爷爷的一封信》后，也要我讲几句话。激动之情使我无法多讲，也不能多讲，只好压抑着感情，取出带在身边的那本《巴金和寻找理想的孩子》小书，朗诵了巴金十三年前写给无锡小同学的信的最后几句话："亲爱的同学们，我多么羡慕你们。青春是无限地美丽，青年是人类的希望，也是我们祖国和人民的希望，理想就在你们面前，未来属于你们。千万要珍惜你们的宝贵的时间。只要你们把个人的命运同集体的命运连在一起，把人民和国家的位置放在个人之上，你们就永远不会'迷途'。不用害怕，不要看轻自己，你们不是孤独的！昂起头来，奋勇前进！"会后就把这本书给了学校校长，转赠给学校图书室，留给同学们看。这时我把同学们托我送给他的签有名字的红领巾展开在他面前，再把带去的两封信，一封是大会上朗读过的，一封是学校五年级小朋友刘乔寄到出版社托转的，分别念给他听。

全体同学的信这样写道："敬爱的巴金爷爷，您好！今天是我们的大喜日子。以前我们的教室破败不堪，坐在教室里，晴天总避不开太阳晒，雨天总淋着小雨，寒冷的冬天更是冻得我们瑟瑟发抖……上海文艺出版社的叔叔、阿姨们向我们伸出了一双温暖的手，毅然决定将你们五位老爷爷的珍贵大作拍卖得来的钱全部捐给了我们，帮我们造了这样一座美丽的教学楼。我们多年来的愿望今天终于如愿以偿了。每当我们走进这宽敞明亮的教室，都情不自禁地对您和上海文艺出版社的叔叔、阿姨们产生无限的敬意。清晨，当我们踏着晨曦迈向学校仰首看见您为我们题写的'上海文艺石关希望小学'十个金光闪闪的大字，还有在阳光照耀下的教学大楼，心中就有一种说不出的感动和自豪。在我们山村，能有这样的学习环境，怎能不激发我们的学习热情！从今以后，我们一定要好好学习，决不辜负您对我们的殷切希望，从小打下扎实的基础，使我们将来成为祖国的栋梁之材。敬爱的巴金爷爷，我们将永远记着你们的深情！在这喜庆的日子里，请您和我们一起来共同分享这无限欢乐。最后衷心祝福您老人家健康长寿！"

刘乔小朋友在他的信的最后这样写道："巴金爷爷，您真是个了不起的大作家，您的文章为什么写得那么美？您的《海上日出》我能倒背如流。我有一个美好的心愿，将来做一个像您一样的大作家，为祖国、为人民写出很多很多美丽的文章。巴金爷爷，我知道您很忙，打扰您真是对不起！"

听我念完，他沉思了一会儿，嘴唇不住地颤动，断断续续地吐出微弱的声音：“还是你代我写封回信谢谢他们吧：说我长期生病，手发抖，笔也拿不稳，无法写字。十分抱歉。祝贺他们有了新的教学楼，希望他们认真读书，好好学习。”

回想起去年6月下旬，正当酷暑之期，我受出版社重托，专程赴杭，那时他的精神显得比现在要好一些。一见面他就笑着对我说：“你来得正好，真想有个人跟我谈谈话，不然我怕以后连话也不会讲了……”我知道他近些年来由于病，语言大受阻碍，写字也愈来愈困难，有时连签个自己写了几十年的笔名也很费力，还赖身旁的人扶持一下哩。他素来就不赞成随便题词写字，认为自己的字本就写得不好，不比鲁迅、茅盾诸前辈能写一手好字，单单卖个名气不好。可是我还是找机会将来意说明，把出版社在贫困山区捐款修建希望小学的前后讲述了一番，把安徽山区人民殷切希望他能书写校名，永留纪念的请求说出。他听后二话没说就认可了。我还说，这事不急，学校修建还刚开始，等天气凉爽一点，精神好的时候你再写吧。哪知第三天上午他就让孩子把轮椅推到书桌前，找纸拿笔就写。才写了两个字手就不听使唤，写不下去了，在旁的我们一再劝说，他也只好停下笔。我理解，他是想在我返沪前写好，助我完成任务。后来还是小林作了较好的安排，终于在当天下午写成，当场交给了我。我是既感动又高兴，连声说还得代出版社谢谢你啊！其实他本就十分关心孩子们的教育与成长，他认为今天的孩子应当比他当孩子的那个时代生活得快活些。逢年过节他总要送给熟识的孩子玩具或糖果。50年代中叶曾有感而发写过一篇杂文《救救孩子》。80年代尽管病魔缠身，写字困难，还是多次回复无锡、成都等地小朋友的来信，鼓励他们要正视人生，认真学习。自从社会上发起支援希望工程的动议，每年都要将自己的稿费收入托人捐给希望工程办公室，少则一万，多至数万。比如1995年5月里香港天地图书出版社负责人专程到上海看望他，并送来稿酬港币三万多元。等来人离开病房，他立即嘱咐身边的人把这笔钱送往市“希望办”。他还曾经在文章里写道：“因为病，我的确服老了，现在行动不便，写字吃力，精力、体力都在不断地衰退。以后我很难发表作品了，但是我不甘心沉默。我最后要用行动来证明我所写的和我所说的到底是真是假，说明自己究竟是一个怎样的人。”今天贫困山区的儿童将有新的教室，他能不高兴？能不勉为其难为他们书写校名？何况这事多少跟他有些关联，能让山区的人们失望么？一年多过去了，学校建成了，听到孩子们满怀希望、热情的话语，见到签有名字的红领巾，能不无动于衷？他总是把心交给读者的。

第三天的下午他还对我说：“我的记忆现在越来越不好了，往往有许多话想说，总说不出，如不事先想好，就无法讲出来。有时半夜醒来才会想起一些事情……他们说我上午精神差，下午要好一些。其实我自己感觉都一样。精神是越来越差了，原来还想自己口授记录写下两篇怀念老友的文章，现在看来是难办到了。”看来老人是一年比一年差了，本来我还有好些事要问他，跟他讲，可时间不多，看他说话困难、精神委顿的样儿，只好忍住，不愿多多打扰。

回到了上海，立即代他给希望小学的同学们回了封信。由于激动无法多写，简略地先把老人近况和病状讲讲，代他表明谢意，也仍然引用他八年前写给家乡小朋友的话来结束这封信：“我只是一个普通的中国人，不过我对我的人民和我的祖国我有深切的爱。人活着不是为了白吃干饭，我们活着就要给我们生活在其中的社会添上一点光彩。我真羡慕你们！我愿意再活一次，重新学习，重新工作，让我的生命开花结果，为民族，为人民献出全部精力。但是，我办不到了，我没有时间和机会了。我把希望寄托在你们的身上，孩子们，奋勇前进吧，愿你们每个人都成为人民的骄傲。谢谢你们。祝学习进步！”还附寄一本签了名字的《巴金童话故事集》赠给学校图书室。

天凉了，老人也将回上海了。他很想念自己的家。可是他回来后也只能住在医院的病房里，医生不让他回家。今年11月25日就是老人九十五岁的生辰，借此祝愿老人健康长寿，活过百岁！

1998年11月25日于萦思楼

读者的回声

走进为庆祝巴金老人九十五华诞在上海图书馆举办的“巴金著作版本展览陈列室”，看到一百七十六种中外各国出版的巴金著作共二百余册，实叫人目不暇接，不舍遽去，流连而忘返。其中除个别的系初次蒙面，颇感新奇外，大多的都是旧相识，老友重逢，往事沉浮话涌心头又不知打哪儿说起，兴奋之情不可名状。可惜的是，不能取出亲手摩挲，只可远观而不可亵玩焉。突见一平柜内于人民文学出版社新近印出的线装本的《家》（五册一函）近旁，又并列一开本略小，叠陈的三本《家》《春》《秋》各自的第一册，也是线装的，仔细观察，竟为手抄本。字迹恭正，体呈八分书味，铁划银钩，一丝不苟，顿叫我愕然，惊叹不已。打听后，方知系出于江西新余县一位七十老者之手。前一天刚应邀专程携抄本来沪参展。老人姓王名恒生，长在农村，自幼好学，得老师之助方念完高小。一次偶从同学处借得小说《家》，读未终卷就被同学强行索回，就此念念难忘书中青年男女的种种遭遇。终得机从母亲袋中得到一元多钱，立奔书店买回此书，从此卷不释手。中华人民共和国成立后参加了革命工作，还当上了行政干部，却仍旧处处不忘巴金的著作。他说，读巴金的书，使他明白了许多做人的道理，让他一辈子也忘不了。退休后，一身轻，下决心要抄写《家》的全书，以作回报。又怕别人不理解，会引来更多的嘲笑。因之不愿让外人知道，抄书的事都是在晚间进行，从不间断。天冷时还把热水袋背负在背心上暖身。老伴见他没日没夜地抄写书，往往久坐之后腿发肿，行走都有些困难，有时边抄还边落泪，就劝说他，既然写得这样辛苦，还抄它做什么？不如放下好好休息为是。她哪知道他的心意啊！他是为书中青年男女的不幸遭遇而流泪，但他无法向她解说，这不是三言两语能说清楚的。就这样经历了四个寒暑，一千四百四十多个夜晚，不论是严寒的冬夜，还是酷热的夏天，从不歇手，天长日久反而形成了习惯，每晚不抄写几页会睡不落觉。用坏了几十支毛笔，忍不住去信制笔厂求助。没想到制笔厂竟寄赠他百支小楷笔。这真是一个莫大的鼓舞与安慰。抄完了《家》《春》《秋》三本大著，又续抄《寒夜》，成册二十二卷计一百二十余万字。这种执着进取坚韧不拔的精神实令人打心眼里佩服。巴金作品为何如此感人，给人以如此巨大的力量，不禁勾起我的一些联想。

记得三四十年代间，有不少青年因读了巴金的《家》，争学觉慧走出家门奔向革命，千辛万苦逃离白区投向圣地延安，因之社会上流传“巴金 Bridge（桥）”之说。当然也有左派评论家指说巴金作品并没有明确指出革命的道路，有的作品还在为封建社会地主家庭唱挽歌……倒是“文革”后荒煤同志在一篇回忆文里讲出了真话：“一九三八年秋我在延安鲁艺文学系招考第三届学生的口试中，我亲耳听到一些十几岁的青年讲到，他们千里迢迢奔向延安，就是读了巴金的《家》和其他著作，受到这些作品的影响而投向革命的。”（引自人文版《点燃灵魂的一簇圣火》第122页）同样杨苡同志在她的《雪泥集》（三联版）的小注中也讲了一个小故事：“嘉蓁现名林宁，是我在天津中西女中时的同学好友。‘一二·九’后我们这些中学生都有‘觉慧式’的热情与苦闷，我们向往走觉慧的道路，打开‘家’的樊笼。这时我和林宁都暗自写信给我们‘敬爱的先生’倾吐心中的一切。嘉蓁于北平沦陷后在一九三八年辗转赴延安，仍与巴金通过一信，巴金在信中赞许她选择的道路。”巴金一九五六年去德国访问时，还在柏林见到过林宁，她当时是在新华社工作。又有一个名叫刘家绵的女孩子家住武汉，也是于一九三八年因读了《家》，受到启发和力量，她说：‘从此生活中有了航标灯，领航着我背叛家庭，走向自立，走进大学，进入社会，由一个弱女子成为一名为共产主义勤奋工作的共产党员。……现在我已退休，在家总结自己，写回忆录的时候首先想得更多更深刻的是您，是您的著作给我启迪、指导，指出青年人的方向，挽救了我没有走上庸俗之路。'”（引自一个卫生部干部向巴金祝贺九十大寿的信，信是辗转托人经陈醇手代交的，她本人并不认识巴金。）就在巴金九十华诞之日，老干部钱正英同志代表全国政协专程来沪祝寿，在向老人祝贺时她也讲到自己年轻时读了巴老作品而受影响的话。其实在展览会上走在我身旁的友人张大姐，就是个好例子。她本是南洋华侨子女，30年代中叶，读了《家》深受鼓舞，得到母亲的支持，脱离家庭，投奔祖国报效，经友人介绍认识了巴金，那时她才十几岁，投入抗日救亡的洪流中，自此走向了革命大道终于成为一名忠诚的共产党员，中华人民共和国成立后重返上海工作。而今已是耄耋老人，谈起往事仍旧兴奋不已，津津乐道。

俱往矣。巴金说过：“多讲老话没什么好处。”我也就此打住吧。回过头来再讲两句王恒生老人的事吧。他临行前得机拜见巴金老人，他握着巴老的手激动地说：“能见到您，真是三生有幸啊！祝您老人家健康长寿。回到江西后我将开始抄写您的“爱情三部曲”《雾》《雨》《电》了，啊，还有《雷》。愿您多多保重，保重啊！”依依告别。古稀老人依旧壮心未已，可算得老骥伏枥志在千里啊。我也借此祝他体健笔旺。

巴金说过 :“我一生是靠读者养活的，只要读者不抛弃我，我还要活下去。”他始终都是“把心交给读者”。而今有这么多的读者的回声，他能不活下去?读者给他力量，他一定会健康地活下去！跨进21世纪。

1998年12月12日

栉风沐雨　积累文化

——记文化生活出版社始末

前　言

30年代中叶正是半殖民地半封建的旧中国严重受到资本主义世界经济危机的影响，处于经济衰退商业萧条的年代，又是文化革命的统一战线第三个阶段后期，反动统治阶级不甘心于失败加重两个“围剿”的岁月；这就使得中国人民经受着风雨如磐、民生凋敝、内忧外患两相逼的苦难日子。此时所谓冒险家的乐园、十里洋场的上海从外表上看去，依然是车水马龙、纸醉金迷一派繁荣热闹景象，其实骨子里无处不隐含着凄凉悲惨的疮痍。道德濒于沦丧，文化日趋堕落，本已不景气的文化事业，这下子愈加地不景气了。出版商人多以赚钱营利为目的，争相印市场销路好的媚俗之作，不愿出版那印数少的严肃学术、文艺著述，更不用说揭露时弊、弘扬正气的进步书刊了。这些书刊随时都有遭到查禁和书店被砸的灾险。这自然就给进步的文学创作和文学翻译事业造成重重阻碍，对生活水平日益降低的广大读者来说也就越来越难买到价廉质高的好书，给人以文化沙漠行将来临之忧。因之当时的文化主将鲁迅先生在写给作家孟十还的两封信里也不无感叹地说：“果戈理虽然古了，他的文才可真不错。我想中国其实也该有一部选集。……不过现在即使有了不等饭吃的译者，却未必有肯出版的书坊。现在虽是一个平常的小梦，也很难实现。”（1934年12月4日，人文版《鲁迅书信集》第673页）“现在的一切书店比以前更不如，他们除想立刻发财外，什么也不想，即使订了合同也可以翻脸不算的。”（1934年12月6日信，同前书第676页）也就是在这种情况之下的1935年5月，一家名叫文化生活社的小出版社诞生于这个上海的一角了。它首先推向读者的“文化生活丛刊”之一、之二竟是两本薄薄的译著，赓即印出的第三本又是鲁迅先生翻译的高尔基作品《俄罗斯的童话》。看来出版社的主持人似乎不畏困难，也要想实现鲁迅先生说的那个“平常的小梦”。9月里他们正式定名为“文化生活出版社”，并在《申报》第一版上刊登了占有半版篇幅的套色广告，向广大读者介绍和说明刊印这套“文化生活丛刊”的宗旨：“在闹着知识荒的中国社会里，我们现在来刊行这一部‘文化生活丛刊’，这工作并不是没有意义的。‘没书读’‘买不起书’……这样的呼声我们随处可以听到。在欧美学问的各部门已经渐渐普及到了大众中间。在那里我们遇见少数的劳动者，他们的学识比得上中国大学教授。但是，在我们这里学问依旧是特权阶级的专利品，无论是科学、学术、哲学，只有少数人可以窥见它的门径，一般书贾所看见的自然是他们个人的赢利，而公立图书馆也以搜集古董自豪，却不肯替贫寒青年作丝毫的打算。多数人的需求就这样被人忽略了，然而求知欲望，却是无法消灭的。青年们在苦闷环境中苦苦挣扎，为了知识而奋斗的精神，可以使每个有良心的人流下感激之泪，我们是怀着这样的心情来从事我们的工作的。我们的能力异常薄弱。我们的野心却不小。我们刊行这部‘丛刊’是想以长期的努力，建立一个规模宏大的民众的文库，把学问从特权阶级那里夺过来，送到万人的面前，使每人只出最低廉的代价，便可享受到它的利益。至于以我们薄弱的能力能否完成这一宏大的志愿，那就完全依靠着读者大众的支持了。本‘丛刊’是真正的万人的文库；以内容精选，售价低廉为第一义，无论著译编校均求精审，所有各个学、艺部门无不包罗。”（见《巴金全集》第十八卷第 363 页）之后不久他们又相继推出两套大型丛书：“文学丛刊”和“译文丛书”，立即以作家译者的阵容，作品的质量引起了读书、出版界的注意，文艺界的瞩目，受到了广大文艺爱好者的欢迎。这样不仅站稳了脚跟，还闪耀出新鲜灼目的光芒。岂料两年之后日本军国主义侵略军再度犯我中华，人民的生命财产突遭涂炭，整个民族也面临着生死存亡的关头。出版社就此相继经历了八年的抗日烽火，三载的解放战争，于新中国成立后的50年代中叶接受社会主义改造，结束了它二十年的坎坷的命运。张友渔先生于《重庆出版志·前言》中曾说："那时国难当头物力维艰。我国文化界出版界的知名人士为了宣传抗日、民主，启发民智，当中华民族生死存亡之际，他们在文化出版战线上奋力拼搏，历尽艰辛，出版了许多普及读物和有价值的书刊。这些呕心沥血、艰苦奋斗的事迹，完全值得记载下来，作为当前改革的借鉴和教育后人的教材。"笔者正是受了这段话的启迪和受老友们的鼓励与督促，遂不揣粗陋地把这家民营小出版社的经历试作一番较为详尽的叙述。

都有一颗爱国心

30年代初吴朗西与伍禅同在日本念书，因"九一八"事变发生，立即弃学归国，一心要为蒙难受辱的祖国效力，哪知事与愿违，不说报效国家，连要谋个糊口的职业也困难重重，不得不靠昔日的同窗旧友之助奔赴四方教学谋生。巴金也早在1927年乘桴浮于海远走法兰西求学时，就曾满怀爱与恨写下那《再见吧，我不幸的乡土哟！》短文，吐诉心愫，悲时代的专制、黑暗，人民的贫苦、愚昧，寻求理想以救祖国。丽尼本是个曾受教堂收养的孤儿，在暗夜里踯躅，颠沛流离，尝尽人间凄苦，面对当时政府的腐败、无能，外寇的凌辱，日思夜想如何方能竭尽自身的绵薄之力献给国家和人民。他们心里都充满着热情与理想，时时刻刻希望着能为劳苦大众做点有益的事情。面对黑暗恐怖的现实，矛盾重重。理想难以实现，眼看民不聊生、文化堕落，单靠自己的那支秃笔，徒自呐喊呼吁又有多大的用处？苦闷十分。如能做一点实际的工作，在启发民智、宣扬民主、积累文化、提高国民素质等方面为求知的人民大众服务，那该多好，也可以尽到一个爱国公民的社会责任。一个偶然的机会，使他们想到一处，走到一起来了。1935年的春天，先是吴朗西夫人柳静拿出私房积蓄三百元，助伍禅去日本选购伍准备编辑的动植物图画册教材资料，岂料买好资料归来，因原支持出版教材的三一美术公司柳君他去，合议告吹。购回的有关资料因而无用，徒劳无益，助款又已耗去大半。吴不甘心，商诸丽尼，彼此认为：靠别人帮忙，总不是个办法，还是依据自身的力量，经营个出版社为好，出自己想印的书，有益于人民的书为佳，且周围朋友中懂外文、从事写作的人倒不少，稿源当不成问题，不妨先试印两本书探路。丽尼手边正好有一部现成译稿，乃再约白石译介一本预言有关第二次世界大战的著述。遂即一面着手接洽印刷厂，一面去信给正旅居日本的巴金，告诉他筹办出版社的计划，向他索稿，更促他早日返回祖国主持编务，共谋出版社的实现。8 月里巴金归来，已印出的三本书不但没有赔本，还略有盈余，全是委托他人（开明书店）代销的。这下信心增大，勇往直前。遂在昆明路安德里租到了一间房屋，正式成立编辑部加紧工作。业务全由巴金负责。除继续编发"文化生活丛刊"的系列书稿外，并推出以收纳中国新文学优秀创作，与译介世界文学名著的"文学丛刊"和"译文丛书"两套大型丛书。短短几个月三套系列书便各以其形式的新颖和内容的坚实丰富先后问世。出版社通过这些出版物，充分展示了雄心壮志，并很快地在读者中产生了广泛的影响，取得了不少作家、译者的支持与信赖。特别值得一提的是鲁迅先生对它的扶掖与关切，不仅把晚年的全部著译交给了这家出版社，还对书的装帧、设计、插图等给以热情的指导，对出版社的资金周转也表露出诚挚的关怀。凡此种种，无疑为出版社今后平稳的发展奠定了坚实的基础。

1936 年初伍禅、陆圣泉（即陆蠡）、杨挹清、李采臣等也相继入社工作。同年秋天便在福州路 436 号大公报楼上设立了出版社营业部。这时不仅"文学丛刊"第一集的十六本早已出齐。第二集的十六本也一并问世，连第三集的十六本已开始发印部分了。“译文丛书”的第一种《死魂灵》早在 1935 年的冬天即已印出，作家果戈理的另一部小说《密尔格拉得》也在这时问世。俄罗斯另外的大作家普式庚（普希金）和屠格涅夫的名著，世界弱小民族作家的作品，以及英、法等国名家的小说、戏剧都先后出版，它们的译者多系名家，这些名著名译充分显示了“丛书”的阵容，出版社的编辑实力，这都有力地扩大了出版社的影响，提高了它在读者中的信誉。这时原创刊于 1935 年由良友图书公司发行、巴金靳以合编的《文季月刊》遭受国民党当局查禁。为满足广大读者的需要，文化生活出版社毅然另创新刊《文丛》月刊，仍请靳以做主编。这下出版社除书籍外，又增加了期刊的发行。二者互予衬托，相得益彰。随之内部人事也作了明确分工，吴朗西任总经理，负责资金的筹划，巴金任总编辑主持业务，丽尼、伍禅则协助编务，他们都不拿工资白尽义务。原印在版权页上的发行人吴文林也只是作为集体代表的一个虚名。1936 年末，巴金又主编专收长篇小说的“新时代小说丛刊”。进入 1937 年后出版社业务可以说蒸蒸日上，几乎三天两头都有新书出版。重版书更是日日不断。“文学丛刊”第四集十六本出齐，第五集的书稿也陆续发排付型。每月营业额高达万元。出版社的经济日趋稳定，事业正待蓬勃发展，前景充满了希望。

7月7日卢沟桥事变发生，神圣的抗日战争就此开始了。上海形势也随而紧张起来，同业中已有作内迁准备的。出版社遂在法租界巨籁达路（今巨鹿路）一弄8号租得一所石库门楼房，先把昆明路的编辑部迁移过来。吴朗西也即举家迁回老家四川重庆，兼谋出版社内移的准备。过不几天“八一三”沪战打响了，如日中天的文化生活出版社的业务就此无法正常进行。福州路的营业部只好结束。伍禅、丽尼也先后离社他去，仅剩下巴金和陆圣泉二人支撑着残局，并以此基地用文艺这一武器积极投入如火如荼的抗日救亡洪流中。

这时几家著名文艺期刊《文学》《中流》《作家》《译文》已被迫停刊。由此，原出版这些刊物的文学社、中流社、译文社、文季社的负责人合议商定，为了形势需要联合出版一小型战时刊物——《呐喊》周刊，公推茅盾任主编、巴金任发行人。文化生活出版社主动承担下刊物的印刷、发售的重任。为此巴金常去广州，不久即在广州设立分社，由李采臣、钱君匋共同负责，以分担总社的部分业务。这时广州也挨到日机的狂轰滥炸，排印刊物已是困难重重。敌骑已越增城（广州市东）巴金才不得不偕同分社负责人李采臣等逃奔桂林，并立即就地寻觅印刷厂将刊物印出，寄发各地读者。之后，他便经香港返回上海。李采臣则西去内地另谋生计了。

回归故里的吴朗西虽也利用运回的纸型用四川分社名义翻印过两本书，终因资金的筹措十分困难，出版社原拟迁川的计划也就只能作罢。1938 年 4 月他又辗转去了上海与巴金、陆圣泉会晤。当时上海存书近十万册之多。为收回由此积压的大量资金，他们商量暂在霞飞路（今淮海中路）上筹设一门市部。不久吴又应黎烈文之邀去福建永安协助成立改进出版社，顺便带去了部分书籍。等他再返重庆后，第二次世界大战的狼烟大起，日寇步步进逼，重庆也不断遭到寇机的侵袭，他遂避居郊区沙坪坝，并在和成银行谋了个办事处主任之职，夫人柳静则在镇街上经营了个互生书店应付时艰。吴还在当地办起了消费合作社，遂渐活跃于当地合作界了。

1941 年巴金返川与吴朗西重聚。商谈后，决定分别在桂、渝两地成立出版社办事处，桂林的工作由巴金自兼，重庆办事处则聘当时在互生书店帮忙的田一文负责。吴仍以总经理名义于必要时负责筹拨资金，但那时他已将主要精力转移到银行工作上了。1942 年巴金再度返川，5 月赴成都设立办事处，聘李济生主持。时叶圣陶先生主持开明书店成都编译所曾题词以贺："艺林声誉良非虚，英华谁不识璠玙。共指文化生活社，巴金著作曹禺书。"

当皖南事变和太平洋战事之后，大批文化人集中到桂林，这座水清山秀的城市遂有了"文化城"之誉。那里的印刷条件与纸张质量都较优于内地，且有铁路运输之便，还可以与“孤岛”上海联系。总编即以桂林作为造货中心，渝蓉两地为辅。经过短短两三年的惨淡经营，出版社在读者与同业之间又声誉遍传。然而好景不长，1944年夏末，湘桂战事再起，因达官富商的抢先逃难，桂林大乱，一时对外界的交通为之堵塞。当时出版社除抢运出全部纸型外，所有存书连同办公用品、住房尽毁于8月的大火，损失惨重。总处遂乃西移重庆。重庆处幸得几年来田一文的努力经营声誉日隆，也积下一些资金，这时已可作为总处的得力助手。在巴、田联手通力合作、精心安排之下，尽量利用所存纸型，使畅销书不脱销，这就加速了资金的周转；加以具有较好质量的新品种时有出版，旧带新、新托旧，业务遂得迅猛发展。

早在1943年重庆十九家新出版业联合总处成立后，渝处就成为该总处的成员之一，随而参加联合总处筹设的联营书店，并列为书店董事会成员。湘桂战事后原在桂林的不少同业迁来重庆，鉴于形势，以中国共产党领导下的革命书店为核心成立了新出版业同业公会，从而团结在党的周围，为了争取民主与言论、出版自由，向国民党反动政府的黑暗统治进行了反复的斗争，并积极参与有关的社会活动。文化生活出版社的领导人和他们周围的朋友原本都是具有进步理想的文化界人士，自然地成为这些活动中的积极和中坚力量。

1945年8月日本宣告无条件投降，抗战终于取得了胜利（虽然是“惨胜”），在一片复员声中，文化生活出版社也面临如何迁回上海的问题。但太平洋战事爆发后，与上海联系中断，仅知留守沪社的陆圣泉因出版社发售过抗日书籍，遭受到巡捕房的查抄，陆也因之被捕惨死在日本宪兵队狱中，社务早已陷于停顿。当时，田一文又已复员回老家汉口去了。吴朗西遂另行兴办文化合作公司，由他负责经营。巴金则认为文化生活出版社这一事业，合乎自己理想，决心坚守这块阵地，它之所以能有今天这样的声誉和规模，固然自己倾注了不少心血与辛劳，同样也凝聚了其他工作人员与朋友的劳动和关注。他不能不想到创业时鲁迅先生给予的热情支持，更不能不想到为维护事业只身坚守在“孤岛”岗位上，以至牺牲在敌寇魔爪下的陆圣泉。而且这时的出版社已不是几个人的事业，而是受到广大读者和文学工作者热切关注着的事业，他们都期待着它经此严寒能有新的发展。他还这样想：“从事文化建设的工作要有水滴石穿数十年如一日的决心。”此时他只有全力以赴，义无反顾。文化生活出版社必须坚持下去！生存下去！这时成都办事处已经结束，剩下的重庆这个“摊子”就交给李济生继续维持着，然后巴金自己才安心地“复员”上海去了。这已是 1946 年的春天了。

回到上海以后，巴金发现出版社除了两三个留守人员及少量存书、纸型外，没有存纸，没有现金，连本账目也没有，倒是因战争关系邮路不畅，反欠下了不少作家的版税，真是一个百废待兴的空摊子。在他思考着恢复业务从何着手之际，此时李采臣表示愿回社工作。巴金也就把恢复业务的重担交给了他，自己总其成，仍以广泛联系作家、译者，编发书稿为主。并设法借来一点钱买进纸张，再版了几本畅销的好书，取得一定的经济效益与社会影响后，即向银行订立透支合同。由于好书不断档，新品种的陆续增多，使销售量日益增大，资金流转较快，业务得以展开。即使面临惨胜后的政局混乱，政府腐败，通货膨胀，物价不停地上升，出版社却还是较快地走出了低谷，声誉日增，受到了广大读者、作家、译者和同业们的好评。自然这都由于巴金主持编务的关系。他为了它几乎付出了全部的心血和劳动。对于一个像他这样靠稿费生活的一介书生来说，原就勉乎其难的了，却还遇到种种不快以至令人气短的事。这里且引一段他自己吐露的心曲吧：“三年前开始翻译这本书，工作时断时续，到今年五月才译完最后的一章。这本小书的翻译并不需要那么多的时间。事实上我执笔的时候并不多。我的时间大半被一个书店的编校工作占去了。不仅这三年，近十三年来我的大部分的光阴都消耗在这个纯义务性的工作上面。……想不到这工作反而成了我的罪名。……我始终得不着公道，始终争不到一个是非。这本书的翻译就是在这种朋友的长期的折磨中进行着的。”

（摘自《六人》的“后记”）自然“这种朋友”也仅仅三四人而已。事实胜于雄辩。文化生活出版社十几年的艰辛历程和它出版的大量高品位书籍，以及读者、作家、译者自会给巴金的劳绩作出公正的评价的。

在巴金身心交困的时候，上海解放了。不久巴金先后应邀赴北平参加了全国第一届文代会和新政治协商会议。自此他社会活动多了，而且还有出国任务。出版社的业务实在难以再兼顾下去。何况作为一个作家，他觉得更应该写出新的作品来迎接人民的新时代。对耗去了他多年的光阴与心血、充满了自己感情的这个出版社，他已在考虑让贤了。“十本书的版税小康不主张补发，我已去信表示不坚持，对文生社的前途我颇悲观，我也预备放弃了。本来在这时候我们应有新的计划，出点新的书……以后不知道怎样才好。实在可惜。”（见《家书》第 3 页）

就在南京临近解放之际，本在日本经商的吴朗西由于夫人柳静的催促，也放弃了定居异乡的计划，毅然回归祖国。经过一段时间的酝酿与安排，作为出版社创办人之一，遂再度出任总经理并兼总编辑主持一切。令人感到惋惜的是吴就任以后，因脱离文化工作已较久，对文艺界情况已不甚了解；再说当年的那颗创业雄心、献身文化事业的精神，似乎也给旧商场的俗水与金钱磨损殆尽。因而即在国内政治局面已一片大好的形势下，也未能利用时间认真作进一步展开业务的计划，特别是由于经营的失策，以及与员工关系的处理失当，致令出版社濒于倒闭，在职工的压力下不得不提前申请企业的社会主义改造，于 1954 年并入公私合营的新文艺出版社。这使得为文学、出版事业作过巨大贡献并在广大读者中拥有崇高信誉的文化生活出版社，未能在新时代的三年中为社会主义文化事业作出应有的贡献，草草结束，实在令人感叹。

为文化积累献身

巴金曾回忆说："我们工作只是为了替我们国家、我们民族作一点文化积累。"那么这里不妨再阅一下文化生活出版社的出版物，看看在它的近二十年的历程中究竟出了多少书，又是些什么样的书。笔者曾编辑了一份这家出版社的全部图书目录，据此统计共印行了各类丛刊、丛书、专集、选集二十八种，计二百二十六个品名，外加三种期刊的编辑与发行。其中虽仅少数几种冠有"巴金主编"之名，可以说百分之九十的品种都是经他的手编排发印问世的。因为巴金担任总编辑，主持编务的时间最长。自 1935 年创办之日起到 1949 年末辞职止，达十四年之久，未曾离职片刻。这期间经历了抗战的八年，解放战争的三年，不管走过了多少灾难的艰苦岁月，他总是默默无私地竭力工作着。一个民营小出版社，能这样有系统有计划地出版这样多的各类丛书、专集，为国家民族积累文化，培育出不少新作家、新译者，确不是那么简单容易的事。这里也难以一一列举，尽道其详。仅先就其中最早推荐给读者，影响书界最大、最深远的，奠定其基础的三种“丛书”略作介绍，即可窥见全貌了。

（一）文化生活丛刊：“丛刊”问世之先，本是吴朗西商同丽尼拟定的，仿效美国“万人丛书”和日本“岩波文库”而设计的，包括文学、社会科学、自然科学三方面内容的综合性丛书。1935年9月出版社刊登在《申报》第一版大幅广告，表明“丛刊”的刊行宗旨，就是巴金执笔，履行总编职责之首务。也可以把这篇发刊词视作出版社对广大读者的简明宣言。“丛刊”陆续问世之书计四十九种，除第五种《俄国社会运动史话》（巴金著）、第十三种《新宇宙观》（陈范予著）、第二十九种《缅边日记》（曾昭抡著）三本书是由国人撰写外，余皆译介自海外名家的作品。形式多样，包括文艺作品中的小说、诗歌、回忆录、作家研究、传记等。内容广泛多姿，例如俄罗斯名家作品就有屠格涅夫的五种，托尔斯泰的三种，还有赫尔岑、车尔尼雪夫斯基、涅克拉索夫、库普林、契诃夫诸大家的回忆录、小说诗歌和剧本，更包括苏联作家高尔基、铁霍诺夫、阿志跋绥夫等人的小说六种。至于英德法美日匈波诸国作家的作品同样也有介绍。如法国有包马哂（博马舍）、罗曼·罗兰、A. 纪德，英国有狄更斯、华尔顿以至伍尔芙，德国有斯托姆、贝拉巴拉兹，美国有威尔逊、达尔赖·尼柯尔斯。其中有19世纪批判现实主义作家揭露黑暗统治之作，又有宣扬革命民主主义与社会主义的著述，连当代现代派意识流的小说也作了介绍。译者则包括名家、巨匠，及专攻外国文学的青年研究者。“丛刊”中品种繁多，门类庞杂，思想灿烂，形式纷呈，充分展现出主编者思路广阔的宽大胸襟，与不拘一格兼收并蓄的编辑态度，显然是为了扩大国内读者的眼界并替方兴未艾的新文学之发展提供多样鉴品。

（二）文学丛刊：这是巴金从日本归来主持出版社编务亲手推向读者的第二套大型丛书，算得诸“丛书”中最具代表性、最重要的一种，是一套集中介绍中国当代新文学创作的大型丛书。他同样替这套“丛刊”撰写了一篇简赅的说明：“我们编辑这一部‘文学丛刊’，并没有什么大的野心，我们既不敢担起第一流作家的招牌欺骗读者，也没有胆量出一套国语文范本。我们这部小小的丛书虽然包括文学的各部门，但是作者既非金字招牌的名家，编者也不是文坛上的闻人。不过我们可以给读者担保的，就是这丛刊里面没有一本使读者读了一遍就不要再读的书。而且在定价方面我们也力求低廉，使贫寒的读者都可购买。我们不谈文化，我们也不想赚钱。

然而我们的‘文学丛刊’却也有四大特色：编选谨严，内容充实，印刷精良，定价低廉。”可以把它看作“文化生活丛刊”的发刊词的姐妹篇，再一次向读者阐述办社与出书的宗旨和方向。“丛刊”收容了文学的各类形式：长、中、短篇小说，散文，诗歌，戏剧，杂文，书信以及电影（文学脚本）。同样冠有“巴金主编”名号。自1935年到1949年间先后刊印了十集，每集十六册，十集共一百六十册。一百六十册中包容了八十六位作家的作品，这一大群作家分散在每一集里既有文坛老将，又多后进新人。比如第一集的十六本中先以前辈鲁迅、茅盾、郑振铎的作品打头，继以名家沈从文、巴金、鲁彦、张天翼诸人新篇问世，再收纳初露头角的艾芜、曹禺、丽尼、卞之琳等新人的处女作殿后，显示了老、中、青三代作者的共聚，集集类此。前波后浪，相互推进，细流汇成江河，汹涌奔腾，蔚为巨观，展现出编者的宏观与巧思。其中不少作者当时确是新星，可头角一露，旋即成名，有的后来竟成大家，载上史册了。再巡视一下，这八十六位作家并非局限一隅，或全系某一个学会、社团的成员，倒多是来自五湖四海、一生追求光明与进步的爱国文化战士。集南北各家、京海两派于一堂；虽不都是共产党员，却有更多的左翼阵线的作家，进步学者；加上浴血前方的战士，或后方的莘莘学子，包括教授、专家、职工，其中就没有一个反动统治阶级门下的御用文人。形成一支包罗各方的文艺劲军，符合鲁迅先生生前的意愿，更及时地体现了抗日民族统一战线的精神。不用说这与鲁迅先生的影响大有关系，萧乾、卞之琳等人回忆文中对此也皆有论及。八十六位作家、一百六十册各种文学体裁，规模的宏大，阵容的整齐，可谓极一时之盛，恐无出其右者。不妨说这套“丛刊”既是中国新文学发展中一个阶段的缩影，又是现代文学的一座里程碑，为国家、民族文化的积累作出了卓越的贡献。著名作家、评论家陈荒煤同志在《冬去春来》（人民文学出版社印行）一书中指出：“从三十年代到四十年代由巴金主编的‘文学丛刊’大约出了百部各种文体作品……团结作家的面很广，也有不少共产党员和左翼作家的作品。这套‘丛刊’实际展示三十年代开始了一个创作繁荣的新时代，这是现代文学史异常光辉的一页，是任何人也无法抹杀的！”

（三）译文丛书：更是在鲁迅先生亲自关怀下编印推出的。策划这样一套丛书，原是先生生前的梦想与愿望，早在 1934 年 12 月 6 日给孟十还的信中他就说过：“近十来年中设译社，编丛书的事情做了四五回，先前比现在还要‘年富力强’，真是拼命地做，然而结果不但不好还弄得焦头烂额。”（见人文版《鲁迅书信集》下卷）这套大型丛书先是由出版社聘请黄源负责编辑，以鲁迅翻译的俄国大文豪果戈理的代表作《死魂灵》打头炮，继则印出茅盾译的弱小民族作品集《桃园》。年后黄因父病返乡离去，赓即又参加了革命队伍新四军，遂由总编巴金亲手接替，直到上海解放后。吴朗西兼任总编期间也编印过几种纳入其中。这套“丛书”十八年中先后共印行了六十三种。算是出版社所编印的丛书中历时最长的一种了。两本不同类型的译品同时问世，且又是名家的译述，不仅奠定了“丛书”的基础，更表明“丛书”今后的编译方向。继孟十还译介的果戈理小说《密尔格拉得》之后，又出胡风转译自日文的台湾和朝鲜作家作品的短篇集子《山灵》，当时的历史条件下刊印这样的作品，是有着较大的社会意义的。就这样，在总编辑的主持下，陆续出版了世界文坛上各个国家古典与现代名家的部分作品，受到了广大读者的欢迎，引起出版界人士的瞩目。综观这套“丛书”，19世纪俄罗斯文学作品占了显著的地位，自普希金以迄于高尔基各个时期大师的优秀佳著差不多均有介绍，少的一部，多的达到九部。例如不仅出版了屠格涅夫的六大长篇小说，著名中篇《春潮》，还包括《猎人日记》和回忆录，有“俄罗斯良心”之称的托尔斯泰的三大代表作，再有普希金的三本小说，冈察洛夫的《悬崖》和《一个平凡的故事》，以及陀思妥耶夫斯基的《穷人》，库普林的《亚玛》与《决斗》，高尔基的长篇《阿布洛莫夫一家》与《未完成三部曲》等。至于欧美文学：法国有福楼拜、司汤达、莫泊桑、罗逊、梅里美、左拉、纪德；英国有莎士比亚、狄更斯、勃朗特、王尔德、萧伯纳；德国有雷马克、洛克尔；美国有杰克伦敦；日本有德永直、高仓辉等；还远溯希腊名剧与神话。真可谓琳琅满目、百花齐放。不少作家还以选集方式分别作重点介绍。编者意在将丰富的世界文学宝藏有重点、有选择、较系统地展现在中国读者眼前，就其规模与内容论可与“文学丛书”相媲美，其影响亦相等同。同样促进了我国新文学的发展并培育不少文学翻译人才，壮大了文学队伍，扩大了文艺阵地，更为文化积累作出贡献，不少译品至今尚在流传。这样的“丛书”的出版，在新出版业同行中可以说无与伦比。

按巴金自己回忆：“我当时不过是一个青年作家。我第一次编辑一套‘文学丛刊’，见到先生（指鲁迅）向他约稿，他一口答应，过两天就叫人带来口信，让我把他正在写作的短篇集《故事新编》收进去。‘丛刊’第一集编成，出版社刊登广告介绍内容，最后附带一句：全书在春节前出齐。先生很快地把稿子送来了，他对人说：他们要赶时间，我不能耽误他们。（大意）……说明先生对任何工作都很认真负责。我不能不想到自己工作的草率和粗心，我下决心要向先生学习。”（见《怀念鲁迅先生》）要说到做编辑工作，巴金十几岁时早在四川成都就开始编刊物了，当然那不是文艺刊物。20年代后期从法国归来也曾为朋友办的自由书店帮忙做过编辑，并仿《一般》编了一本介绍书店出版物的《自由月刊》。30年代前期去北方协助靳以编《文学季刊》，还参加了《水星》月刊的编委以助卞之琳。那时他就想编一套“丛书”，把在刊物上发表过作品的某几位作家的作品编成集子，并将书稿交北方某书局，可始终未见书局把书稿印出，惦念在心。现在自己办出版社、主持编务，正好满足心愿。立即把原来交与某书局的书稿赎回。重订计划，加以扩大，增多品类，丰富内容。更得到鲁迅先生的支持，自当全力以赴。所以后来他回忆说：“我在文化生活出版社工作了十四年，写稿、看稿、编辑、校对，甚至补书，不是为了报酬，是因为人活着需要多做工作，需要发散，需要消耗自己的精力。”“我过去搞出版工作编丛书，就依靠两种人：作家和读者。得罪了作家我拿不到稿子；读者不买我编的书就无法编下去。我不怕失业，因为这是义务劳动。不过能不能把一项工作做好，有关一个人的信用。”还说，“编辑要是不能发现新的作家，不能团结好的作家，他们的工作就不会有成绩。文学艺术是集体的事业，这个事业的发展和繁荣，与每一个文学工作者都有关系，大家都有责任。”（以上引文均见《真话集》）他本着这一信念努力认真地去做，“得到各方面的支持，不少有成就的作家送来他们的手稿，新出现的青年作家也让我编选他们的作品。我从未感到缺稿的恐慌”。（同前）开始的两年，的确是比较顺利的。为了理想，为了事业，大家齐心协力，干得十分顺手。编辑部还有丽尼、伍禅相助编发稿件、撰写广告、设计封面等，这时三套“丛书”的后继书稿，不断问世不说，赓即又推出《现代日本文学丛刊》，收有黎烈文、陆少懿等四人译介的芥川龙之介的《河童》、森鸥外的《舞姬》等作家的作品。继又主编《新时代小说丛刊》，推出萧军的《第三代》、齐同的《新生代》等长篇小说。

“七七事变”抗战开始，“八一三”敌寇侵沪，炮声隆隆。出版社业务陷于停顿，朋友们被迫各自东西。巴金和陆蠡为了事业坚守阵地，并积极投入抗日救亡的活动中，用文字与出版物作武器以宣扬爱国主义，诅咒侵略战争，控诉敌寇的残暴行为。作为一个“有进步思想的作家”，巴金首先写下《只有抗战这一条路》等短文表明态度，他说：“我是一个安那其主义者。有人说安那其主义者反对战争，反对武力。这不一定对。倘使这战争是为反抗强权、反抗侵略而起，倘使这武力得着民众的拥护而且保卫着民众的利益，则安那其主义者也参加这战争，而拥护这武力。”（见《巴金全集》第十二卷第544页）其实早在一年多前他在起草《中国文艺工作者宣言》时就写过这样的话：“一只残酷的魔手扼住我们的咽喉，一个窒闷的暗夜压在我们的头上，一种伟大悲壮的抗战摆在我们面前……”此时抗战既已开始，自必积极投入实际行动中，为《烽火》《文丛》两刊物的编辑与出版奔忙于沪、穗两地。还说，“在这个时候提起笔写文章，我实在感到惭愧。别人贡献的血，我们却用墨水来发泄我们的愤怒。也许有一天我会用我的血洗去这个耻辱。……在这个时候每天都有人死。许多人一起死，死并不是一件难事。个人的生命容易毁灭，群体的生命却能永生。把自己的生命寄托在群体的生命上面，换句话说，把个人的生命连系在全民族（再进一步则是全人类）的生命上面，民族存在一天，个人也决不会灭亡。上海的炮声应当是一个信号。这一次中国人民真正团结成一个整体了。”（摘自《巴金全集》第12卷第548页）陆蠡则尽全力配合，使巴金新编的《烽火》小丛书尽快印出、发售，向全国人民报道这一伟大的民族解放战争中的可歌可泣的人和事，及时地揭露敌寇的残暴罪行。一面仍设法维持业务，把已有的三套丛书的后继书稿陆续排印出来。正当鲁迅先生逝世周年纪念日即将到来之际，巴金恰从广州返沪，立即找出原已排就的《鲁迅先生纪念集》清样重作审校，取得了冯雪峰等人的支持，克服了资金、印刷等困难，于周年祭那天竟把印刷厂赶印出来的书，先行装订了十册，由巴金亲手带到大会场放在许广平夫人座位前，代表出版社献上一份珍贵的纪念品，并表达同人们的哀思与敬意。

广州沦陷巴金被迫退走桂林，在《写给读者（一）》的短文里他记述当时的情境说：“本期《文丛》付排的时候，编者（指靳以）已经动身入川了。……但是刊物还不曾付型，大亚湾的炮声就隆隆地响起来了。我每天去印局几次催送校样……也只能在十月十九日的傍晚取到全部纸型。那时敌骑已经越过增城。……第二天的黄昏我们就仓皇地离开广州，二十一期《烽火》半月刊虽已全部排竣，可是没有被制成纸型的幸运，便在二十一日的广州市的大火中化为灰烬了。……这本小小刊物的印成，虽然对抗战的伟业并无什么贡献，但是它也可以作为对敌人暴力的一个答复：我们的文化是任何暴力所不能摧毁的。”正是如此，两个刊物虽然都难以继续出版，但他在桂林小住期间，不仅仍替“文学丛刊”编发书稿，设法寄给上海的陆蠡，另又新编一种“文学小丛刊”收入了艾芜的《逃荒》、罗淑的《地上的一角》、艾青的《大堰河》等书稿，在《逃荒》的后记中还写道：“读着这样的文章会使我们永远做一个中国人——一个正直的中国人。”之后再经香港返回上海，直到1940年才离沪去内地再谋出版社的开拓。在此期间一边赶写自己的小说，一边继续为各丛书编发书稿，又新编“文季丛书”和“翻译小文库”二种丛书，收纳中、外较短小的文学作品。而一直留守上海的陆蠡为了“孤岛”中的青少年们也主编了一个半月刊《少年读物》。这是当时影响较为广泛的，宣扬民族意识与普通知识的综合性刊物，可惜仅出了六期就给法租界捕房查禁了。陆又改用“少年读物小丛刊”形式继续编发，并作申明：“我们曾编过一个半月刊叫做《少年读物》，目的在介绍一些浅近有用的知识，可惜这刊物出了不久，因环境压迫不得不暂时停刊。为了安慰自己，也为了告无罪于读者，于是就计划编一丛书式的杂志或者杂志化的丛书，‘少年读物小丛刊’便是实现这计划的初步表现。”“丛刊”里就收有杨刚的《商鞅》、唐弢的《文章修养》、王统照的《游痕》、巴金的《旅途通讯》等书，这些书中的文章大都曾经在《少年读物》上面刊登过。岂料就此为自己种下了祸根，招来敌人的忌恨。太平洋战事爆发，日军侵占租界，“孤岛”也沦入敌手，迫害更加厉害。1942 年秋捕房先以出版社销售、出版宣扬抗战书籍为由，查抄去数万册书不说，又将主持人陆蠡拘捕，并即转移日军宪兵队，致使陆惨死狱中。出版社蒙受的损失与打击是无法补偿的，自此上海社业务完全停止。在此之前出版社曾先后掩护过共产党地下党员、剧联领导人、著名剧作家于伶同志和来自新四军的共产党干部黄源同志，他二人都曾借住在出版社不少日子。

1941 年初巴金自广西返川，在重庆沙坪坝与吴朗西相聚，得机进一步与吴商谈如何在内地展开出版社的业务，让这一共同的事业，不致因战争而就此委顿。不久即先后在桂林、重庆两地分别设立办事处，并以桂林为造货中心，由总编兼管。重庆则聘田一文负责。靳以恰又在复旦大学执教，因之增编“烽火文丛”由靳以任主编，就近交重庆处排印发行。再辟《曹禺戏剧集》专收曹禺个人作品，还将原《新时代小说丛刊》更名为《现代长篇小说丛书》，收入沙汀的新著《淘金记》，也由重庆处排印，以增强重庆处的业务并减轻总处的负担。在俄国文学方面增编《契诃夫戏剧集》五种。特别是曹禺改编的《家》的剧本，一经印出，各地剧团争相演出，剧本畅销，盛极一时。不问抗战进行到何样的艰苦阶段，巴金总是埋头工作，信心十足地主持着出版社业务。他写给好友的信中也说：“对战局我始终抱乐观态度。我相信我们这民族的潜在力量。我也相信正义的胜利。在目前，每个人应该站在自己的岗位努力，最好少抱怨，多做事，少取巧，多吃苦。”（摘自《巴金全集》第二十四卷第 94 页）1944 年秋桂林沦陷，出版社全部货物、生财毁于战火，仅抢救出纸型运渝。巴金移居重庆，编辑重心随之西迁。此时国家民族更临困境，偏处西南一隅，反动统治愈趋专制，压迫民主，滥杀无辜；通货膨胀，“法币”贬值；百业萧条，唯黑（烟土）、白（大米）、黄（金）是投机、走私的俏品，使国民经济濒于崩溃边缘。负责调拨资金的吴朗西虽身在银行界，也显得捉襟见肘难以应付，图谋业务的开展也就面临重重困难。幸赖重庆处的业务基础，出版物在读者群中的信誉，“译文丛书”中多种名家作品仍得畅销，资金之周转还算较快。不仅屠格涅夫的六大长篇，托翁的《复活》，勃朗特的《简·爱》，罗逖的《冰岛渔夫》，莫泊桑的《两兄弟》都一印再印，狄更斯的《大卫·高柏菲尔》的上、中、下三部也相继印出，加上法国纪德的长篇小说《伪币制造者》等新书，更有巴金新著小说《憩园》。继而又推出《丁西林戏剧集》《袁俊戏剧集》；“文化生活丛书”“文学丛刊”“文季丛书”等也分别印出新的品种。一句话，有好书就有读者，出版社千方百计开掘业务。虽然同人们生活艰苦，吃的是九二糙米，穿的是平价粗布，可出版社在总编的费尽心思的主持下，配合同人们的辛勤劳动，业务较快地红火起来，逐步趋向好转。

1945 年 8 月日本被迫宣告投降，抗战终于赢来胜利，但欢庆中不无忧虑。粗劣的土纸书，也因之毁于一旦，出版社再次蒙受损失。人们都希望再见到印刷精良的白报纸书籍。加以国事扰人，复员困难。田一文怀念老家，已先期乘船返回武汉故里，暂时离开了出版社。于是结束了成都处，留下重庆处这一基地。辗转内地身经“百炸”的总编辑巴金也终于在 1946 年的春天回到了上海，仍住霞飞路（今淮海中路）霞飞坊 59 号。现在他也有了家室了。即与吴朗西约定出版社还是由他全权负责，为了这一事业，为了昔日的理想，为了连生命都赔进去了的老友陆蠡，他只有全力以赴，义无反顾。不认真办好出版社，编印出好书，将何以履行昔日的诺言，又怎能对得起给过支持与关怀的鲁迅先生，更何况还有那么多的读者、作家、译者们的殷切希望哩。好在驾轻就熟，吃苦耐劳素乃本色，白尽义务就尽到底。凭着坚忍、执着的精神，有的是信心，加上这多年的实践经验，只要设法编印出好书，读者和作家都会予以支持。幸得纸型全存，出版社旧址还在，找个较能干、熟悉业务的助手，设法筹措点资金，购得纸张，先印几本好销的名著出来恢复业务，让读者知道，不求“速”，只求“达”。就这样，慢慢地各类“丛书”分别重版，新的品种也相应地逐步增添。在这重振旧业的艰苦三年里，《文学丛刊》的第八、九、十集，相继编齐印出，与前七集相比真是新人辈出，阵容喜人。连同前七集，每集十六册，外加纸盒套成一函，十盒十函，整齐壮观。八十六位老、中、青三代作家的各个佳作，可以说都是三四十年代期间新文学的珍品，辉然耀目，能说这不是为国家、民族、文化积累做出的贡献？至于“译文丛书”“现代长篇小说丛书”，以及其他各类“丛书”也相继出现新的品种，且多名著佳篇。诸如：俄国的有库普林和高尔基的长篇小说，法国的有福楼拜的《包法利夫人》与《情感教育》，左拉的《娜娜》，德国有雷马克的《流亡曲》与《凯旋门》，洛克尔的《六人》等；长篇创作中更出版了老舍、沙汀、骆宾基、田涛、师陀、刘盛亚的新著，更有新编的《西窗小书》，全收卞之琳译介的依修午德与阿拉贡、A. 纪德等的四种作品；“水星丛书”中有萧乾的《创作四试》和《人生采访》，李霁野的《给少男少女》和冯至、何其芳、严辰等人的新的诗集。这两套新丛书广受欢迎。此时总编又考虑到读者群的另一需求，在译介世界古典文学名著外，增辟一套新的丛书“通俗小说名著译丛”，适当介绍国外一些文情并茂，内容健康，有故事、有情节，雅俗共赏的通俗小说佳品。1948 年首先推出的是英国作家安索尼·霍卜的《增达的囚人》。本书 40 年代中叶曾被美国好莱坞某电影公司改编拍摄成影片《卢宫秘史》，获得广大观众的喜爱，堪与《三剑客》及后来的《茜茜公主》等影片相媲美。出版社又以新的业绩卓然再起，活跃于整个新出版业同行中。综观出版社印行的各类书籍，全列入于各自的某种系列丛书之内，绝无一本孤立群书之外的单册，让读者易于遗忘。这也是凸现出版社编纂图书之又一特色。巴金在《随想录之八十八》一文中回忆说：“十几年中间经过我的手送到印刷局去的几百种书稿中，至少有一部分真实地反映了当时我国人民的生活。它们作为一个时代的记录，作为一个民族发展的文化，追求理想的奋斗的文献，是要存在下去的，是谁也抹不掉的。这说明即使像我这样不够格的编辑，只要去掉私心，也可以做出好事。”这虽是作为总编辑巴金的自谦之词，确也是他的一片实事求是的真心话。有书为证，出版社刊行的几百种书册，不正是他“追求理想的奋斗的文献”么？萧乾在一篇回忆文中作过如是之说：“如果编巴金的‘言行录’，那十四卷（指《巴金文集》）以及他以后写的作品是他的‘言’，他主持的文学出版工作则是他的‘行’。因为巴金是这样一位作家，他不仅自己写，自己译，也要促使别人写和译，为给别人创造写、译的机会和便利，他可以少写，甚至不写。”还说，“看到巴金的文集长达十四卷，有人称他为‘多产’，可是倘若说从一九三五年的夏天就办起文化生活出版社（以及五十年代初期的平明出版社），倘若他没有把一生精力最充沛的二十年献给进步文学出版事业，他的文集也许应该是四十卷。”他甚至深情地举自己为例说巴金如何鼓励他写自己所熟悉的题材，不辞劳苦花费时间替他代编作品，还提到代他的朋友杨刚编书。其实巴金为他人代编作品集子，又何止萧乾、杨刚耳。前文中列举的一些“丛刊”中不少作家的作品集子，都是经他的手替作者代为编选成册的，有相识的朋友，有不认识的青年作者，诸如艾芜、曹禺、罗淑、丽尼、何其芳、田涛、屈曲夫……还代冰心、黄裳编辑书稿支援其他书局呢。笔者忍不住要唠叨一句，像这样的总编能说是个“不够格的编辑么”？“新中国改革开放”后的今天，编辑天地是多么的广阔！如果作为编辑的同志都能像巴金这样没有私心，忘我地认真工作，不投机，不取巧，多吃苦，何愁不会编辑出更多更好的书，我们社会主义的文化事业何愁不更加繁荣，两个文明建设何愁不发达！中国是有着优秀文化传统的。

书生经商的某些特点

不妨说文生社的创建似属偶然。巴金就讲过：“朋友试办。”可一试竟成，似乎颇为便当。近二十年的历程，尽管道路坎坷，几经灾难，依旧能屹立而存，出版的作品还能名上史册，让人难以忘记，岂不怪哉？然究其果确也有其因。独具的个性特点，是不可等闲视之的。试举几点：

（一）超出常规的“文化商”。它完全不同于一般书商经营。既非官办，又不是个人独资创立，也不是几位老板有意文化、投资合股经营，更非规章齐全的有限公司组织，仅是当时三个从事文化工作的青年，既不为名更不是图利，全凭忧国忧民之思以满腔之热忱，要在乱世中为祖国文化积累，做点贡献。虽是“经商”却视之为实现自己理想的事业，锲而不舍地埋头实干下去。正如俗话说的，“有志者事竟成”。钱虽有限，先印两本书试试再说。好在志同道合，大家说定为了理想，为了事业，各尽其力，全尽义务。连发行人的名字都是虚拟的，真算是“白手起家”了。书出了，读者欢迎，信心增强，干下去一发而不可收拾。说来也巧，伍禅中了彩券大奖有了意外收入，拿出半数千元，借给出版社，这下又可多印书了。之后因转印“综合史地”与“战时经济”两套丛书，得友人之助，向一家银行订立了可以透支八千元的往来户合同，资金有了着落，且非小数，好书迭出，营业发达，事业大显兴旺，伍禅之借款也可偿还了。出版社基础就此打下。等到银行透支满期还款时，由于战时关系币制贬值，出版社大占了便宜，幸也欤！再据主持人巴金回忆，那时印书似也便当，找家相熟的印刷厂，不用先付印费，发去书稿，俟书印出再作结算。有时印厂还可代垫纸张。而出书的周期又短，印数少，书好销，一版、再版，资金周转也快了。书出多了，纸型累存也多了，且利用率高，出版社的主要资产也就逐步上升，有靠了。

（二）似是而非的同人社。如果说它是同人社也未为不可，确也是三四个志同道合的朋友组成。但他们又都不属于哪个学会、社团或什么文学流派。出的书倒是不拘一格，只要书好，合乎各类丛书要求均可接纳，或主动约稿。不问学派、思潮，不带任何宗派色彩，竭尽全力推荐新文学的进步优秀佳品，译介世界各国名家的文学名著。唯一的宗旨是积累文化，于国于民有利。保证出版物的质量，为广大读者服务。

（三）专有一位实心实意，忘我地干了十几年的义务总编辑，而且还是一位文坛名家，实是出版社的独有财富，独具的特点，可以说没有一家书店或出版社能找到这样能干一切的通才总编。可算得特殊之最。原出版社创办人之一郭安仁，即著名散文家、翻译家丽尼，在中华人民共和国成立后的50年代初向吴朗西作过这样的建议："'文生'走古典名著介绍的路是应该的，主观上有这样的能力，客观上也符合广大读者和政府负责方面的希望。但是要好好组织稿件，非老巴不可。……以为拉几本译稿不成问题，那是大错。第一，真好的译稿必须老巴方可以拉来，老巴自己译些尤为要紧。有真正好的译稿，不十分好的也就带着好了。'文生'的译稿并不本本都理想。但因好的较多，所以给读者的印象不同。别的书店何尝没有出过古典名著，只因多数平庸，所以不能建立信誉。'文生'如果当初也是随便拉译稿，决无今天的地位。第二，除了老巴，谁能随便改动别人的稿子，谁敢？即使译错了，也不敢随便改动的。译者首先就不（服），而译稿即属名家所译，也难保无缺点，要改动也必须是老巴，或用老巴的名义，用另外人的名义是不行的。"（摘自丽尼致李济生信）这是有经验、有眼光的行家对老友说的老实话。再如50年代初新办的平明出版社印行的"新译文丛刊""文学译林"等丛书之所以受到读者欢迎，出版社短短的几年就扬名于读书界，也是由于巴金出任总编，出版社的出版物质量有了保证之故。

（四）把读者和作家看作出版社的衣食父母。这是主持人巴金的口头禅，而他在主持工作中一贯照此执行。首先保证书的质高、价低、装帧好。这在读者中是有口皆碑的，就不用多赘。对作者则是不买稿，实行版税制，保护作者著作权与长远利益。书稿印出按书的定价15%付给作者版税。一年分两次结账，照销售清单售出多少，结付多少。决不拖欠。旧社会里作家大都十分清苦，没有固定职业的更不用说，若与出版社有长期约稿的，或正在撰写长稿的，如生活上遇到困难，可以预支版税，或按月付给一定的生活费，俟书稿印出销售后再逐步扣还。最早的有胡风，抗战后期在重庆的曹禺、沙汀也享受过这样的待遇。萧乾还说过："文生社始终是一撮文人的集合体（使我想到歌剧《波希米亚人》）。它不但未剥削，还尽力帮助大家，1946年我同那位洋太太就住过文生社的货栈，同住的还有单复。"

（五）没设规章制度，无拘无束，全凭自觉工作。这是书生经商的又一特色。"酒好不怕巷子深"，以出版物的质量为第一，租赁的办事房子着重简朴，不在气派，不带丝毫的"资本"色彩，更没有今日市场需要的"外包装"观念。抗战开始，更是颠沛流离。不因日寇侵逼，何来四方杂处？越到后期，越是艰苦，职工待遇，不过糊口而已。出版社逢上节日或"打牙祭"之期，若来朋友访问、作家谈稿，总是大家一起共聚一桌：一盆回锅肉，一锅骨头汤，两盘素菜，大碗粗米淡饭，吃得十分欢快，足矣！今日思之犹觉情境迷人。剧作家曹禺曾忆及在重庆民国路出版社内“打牙祭”的往事，还欣然乐道哩。

（六）不以规矩不能成方圆。理想与现实总是有距离的。作为一个商业性机构，没有一定的规章制度，不完全依照经济原则办事，发展到某一阶段，就会受到局限，遇上麻烦。人心不同，各如其面，绝难强求一律。事业发达了，人多了，出现的问题也就复杂了。环境改换，人的思想也相应起了变化。客观现实往往会影响到主观意识。同忧患易，共富裕难！昔日之道难以适应今时之境，更有乘机想摘胜利果实之人。过去的有利条件反而成为后来生弊之端。文化生活出版社走到最后，就逢上了多事之秋，人事烦恼，大大干扰了事业的兴旺与发展。田一文 80 年代在回忆文中忆及往事，就曾自责当年少不更事，受人利用干下的蠢事（文见四川人民出版社出版的《我忆巴金》一书中）。俱往矣！事过境迁，不再作重述，就此终笔。

1998 年 8 月 15 日初稿

1999 年 1 月 7 日改订

一个纯洁的灵魂

——记病中巴金

今年的夏天与去年相比较应该说好过多了，高温没到 35℃以上。而今又过了中秋，只要不逢上“秋老虎”，就会一天一天凉爽下去。不过遇有台风什么的也会风雨交加，雷电齐奏，时冷时热，气压低了也会让人感到气闷难过。对于久病体弱的老人更为不利，易于感冒，颇难将息。8 月 24 日下午我又赶往华东医院看望巴金老人。当我跨进病房见他穿着长裤鞋袜，扶着手杖脚踏地上，端坐在病床的边沿（当然后边和两旁都有人扶持着），立即快去两步躬身立于他的面前叫声道：“四哥，你能坐起来了，好极了。你高兴吗？我实在替你高兴啊！”他一见我也面露笑容，嘴唇直动，惜未能出声。年轻的护士姑娘接口说道：“近两天来巴老恢复得比较好，这样下去慢慢会更好起来。巴老，是吗？已经坐了近半小时，不要太累了，慢慢来。我们这就扶你躺下去休息休息吧。”

我也跟着说："这样好，外面朋友们知道你病情大有好转会很高兴的。"于是小张给他拿掉了手杖，脱去长裤、鞋子，同护士一道扶着他躺了下去。这时我便把老友们的问候与情况一一转告，又怕他过累，劝他闭上眼睛养会儿神。可他仍大睁着眼张口要说什么，终于冒出："李小林……"三个字。晚到一步的国煣遂即向前对他说道："小林热度已退，人好了，明天上午就会上医院来看你，放心吧。"他放心了，慢慢合上眼皮进入了微睡。我也悄悄退到隔壁室内，好让他安然休息。在归家途中一直心怀兴奋，不免思绪翻飞……

自去秋从杭州疗养回沪以后，他每天仍然安坐轮椅内照往常一样地生活着，就这样平安地度过了九十五岁生日与严冬，接待了不少来访的朋友与客人。每个星期天我也照常送去两小瓶味较浓的川菜为之助餐。岂料春节前几天竟染上流感（当时外边流感猛袭），突发高烧，因而引起肺炎，人处于昏沉沉的状态中，立即被送往医院重症监护室进行抢救。总算治疗及时，用药得当，险情逐渐过去，人却十分衰弱。4 月下旬我也曾告诉过在旁侍候他的国煣想去探望，以释心忧。她立即阻止我前往，说："不行。医生严禁外人前往，防止带入病菌，人老体衰，刚过险境，再有反复，那就大为不利，必须让他绝对静养。能去看望时，我自会通知你的，安心点吧。"之后直至 5 月中旬方得通知允许前往探望。真是压不住的高兴。这时他已迁出监护室移往内科病房了。16日的上午急忙前往医院，正遇医生查房，病榻周围全是医生护士，只得守候一旁。俟医生离去，我这才挨近病床前叫他。他睁大眼睛望见是我，笑了。唇舌不住颤动，吐不出声，我还不敢过分挨近，担心对他不利，连忙说："你吃力不用讲话，还是听我说吧。"于是先把沪上诸好友的问候一一转达，然后再把外地以及海外朋友的来信分别摘要念给他听。这是他在病中常常关心的事。友情对他来说太宝贵了。幸好，他的面色尚佳，不显苍白，从护士病情日记牌上看到的记录一切都较平稳，心稍安。静静立在他旁边审视着他，不久他又昏昏入睡了。不敢久留，旋即离去。隔两日再去看望时正逢小林在旁侍候，方知是他对小林讲要我去谈谈的。

前些日子当我读到张光年《沪苏日记》中"回想四月初巴老心情不好，拒绝吃药……"的记述，顿时又引动我内心的不安，落入阵阵沉思，惴惴长久。一连几天眼帘下总浮现他的病容与病房中的情境，忍不住与小林通了电话，询问张光年记述的当时情况。小林这样答道："爸爸在险境过去，病情暂趋稳定之后，人也慢慢从昏沉沉中清醒过来，神志恢复了，看到自身眼下的处境，感情上有些儿接受不了，当时确实内心烦躁不安，觉得病到这个地步，全听他人摆布，丧失了做人的尊严，有违自己的心愿……"这下我明白过来，心稍安，理解到他那时思想矛盾和内心烦躁的根源，他又走过了一段苦痛的历程！他早就说过这样的话："即使我前面的日子有限，很有限了，我还是在想：'怎样变得善良些，纯洁些，对别人有用些'。"追溯既往更使我记起了多年来他笔下吐露出的那些心里话。

二十年前他开始才写几篇《随想录》时，于《怀念萧珊》一文的末尾就吐诉过这样的话："我绝不悲观。我要争取多活。我要为我们社会主义祖国工作到生命的最后一息。"接下来的《随想录之十·把心交给读者》一开始就说："前两天黄裳来访，问起我的《随想录》。他似乎担心我会中途搁笔，我把写好的两节给他看；我还说：'我要继续写下去。我会把它当作我的遗嘱写'。他听到'遗嘱'二字，觉得不吉利，以为我有什么悲观思想或者什么古怪的打算，连忙带笑安慰我说：'不会的，不会的。'看出他有点伤感，我便向他解释，我还要争取写到八十岁，争取写出不是一本，而是几本《随想录》。我要把我的真实的思想，还有我的心里话，遗留给读者。"1979 年 8 月里他完成了第一本，在《后记》里还指出："《随想录》仅是我翻译亚·赫尔岑的《往事与随想》的副产品。"因为那时还订有创作长篇小说的计划与完成《往事与随想》翻译的夙愿，因为 30 年代中叶他就向鲁迅先生提起过这本书。这"副产品"原定一年写出一本，预计五年可写出五本。他说这是在偿还"欠债"，

"能主动还债，总比让别人上法庭控告，逼着偿还好"。岂料 1982 年开始他患病了，而且不止一种病，使得他写字十分吃力，连一支圆珠笔也几乎移不动了。原想五年完成的计划，延迟到八年才算完成，还使得列入计划的《往事与随想》的译事，也不得不半途而止，让他人去继续；要写的长篇小说仅仅开了个头也无法继续写下去了。对他来说这是何等苦痛的事！尽管如此，他并没有因此完全放下这支笔。手不听使唤，写字困难，可思想不肯停，脑子还不住地在转动。他无时无刻不在思考、探索，不住地剖析自己，十年噩梦醒来，回忆往事种种不禁胆战心裂，出血啊！《无题集》(《随想录》的最末一本）中的《从心所欲》里他就这样写道："我也不甘心任人摆布。我虽然又老又病，缺乏战斗意志，但还能独立思考，为什么不利用失败的经验保护自己？付了学费，总要学到一点东西。过了八十岁，为什么还要唯唯诺诺，讨好别人，看人脸色，委屈自己？既不能'随心所欲'，不妨带着微笑闭目养神。这是我的'持久战'。我就是这样地争取到一点时间来写《随想录》的。我还想写一点别的东西，有时候也想得如饥似渴。究竟为着什么？我自己分析，眼睛一闭一切都完了，我还有什么可留恋的？有，那就是我的祖国，我的同胞，真想把心掏出来给他们。"凭着这颗灼热赤诚的心，他忍受苦痛，克服困难，勉力地移动着圆珠笔。写呀写的，写过了八十岁，又跨过了九十岁！在《怀念从文》一文的最后还念叨着："我多么羡慕他！可是我却不能走得像他那样平静，那么从容，因为我并未尽了自己的责任，还欠下一身债。我不可能不惊动任何人静悄悄离开人世。那么让我的心长久地燃烧，一直到还清我的欠债。"

这样继五本《随想录》之后又结集了一册《再思录》。就在这本书的《序》里也还坚持说："我再说一次，这并不是最后的话。我相信我还有机会拿笔。"真的，已经搁笔好几年了，1998 年年初竟又写出了情文并茂的《怀念曹禺》。其实收入《再思录》中最末的几篇文章，已经自己无法握笔，全是口授别人（大多是小林）记录，精神好时，一天念出几十百把句，记录下来后再念给他听修改核定。越到后来讲话越不清，越是吃力。如此反复，一篇文章往往要用几十天的时间。虽然如此，可脑子管用，思路依旧清晰，在答复一位老朋友的信中还说："我想得到，你不满意我，不肯伏倒在'主'的面前，向他求救，我甚至不相信神的存在！对，你不能说服我，但是我不会同你辩论，我尊敬你，因此我也尊敬你的信仰。我愿意受苦，是因为我愿意通过受苦来净化心灵，却不需要谁赐给我幸福。事实上这幸福靠要求是得不到的。正相反，我若能把自己仅有的一点点美好的东西献出来，献给别人，我就会得到幸福。"之后他还写过一篇掷地有声的短文《没有神》！在另一篇短文里又说："我要用行动来补写我用笔没有写出来的一切。”他要求自己做到“言行一致”。早在十多年前的《“再认识托尔斯泰”？》一文里他就说过：“我不是托尔斯泰的信徒，也不赞成他的无抵抗主义，更没有按照基督福音的教义生活下去的打算。他是19世纪世界文学的高峰。他是19世纪全世界的良心。我和他有天渊之隔，然而我也在追求他后半生全力追求的目标：说真话，做到言行一致。我知道即使在今天这也是一条荆棘丛生的羊肠小道，但路总是人走出来的，有人走了，就有了路。托尔斯泰虽然走得很苦，而且付出那样高昂的代价，但却实现了自己多年的心愿。我觉得好像他在路旁树枝上挂起了一盏灯，给我照路，鼓励我向前走，一直走下去。”后来他又说，“因为有病，我的确服老了，现在我行动更不便，写字很吃力，精力、体力都不断在衰退。以后我很难发表作品了。但是我却不甘心沉默。我最后还是要用行动来证明我所写的和我所说的到底是真是假，说明我自己究竟是一个怎样的人。”他确实没有停下步子，不能用笔，还可以做其他的事。除了继续把多年来精心收藏的各类图书，包括多种珍品分别捐赠给有关单位，比如上海图书馆等。再把收得的稿费（因为他的作品有的还在印行）多次用不为外人知道的本名或一个不愿透露姓名的老人的名义捐赠给灾区人民和希望工程，这事全都是委托年轻的朋友代办的。

“躺在病床上，无法拿笔，讲话无声，似乎前途渺茫。听着柴可夫斯基的《第四交响乐》，想起他的话，他说过：‘如果你在自己身上找不到欢乐，你就到人民中去吧，你会相信在苦难的生活中仍然存在着欢乐。’”能为苦难中的人民贡献一份力量，哪怕是极其微小的，他总是乐于做的。绝不能老说“实话”！精神稍好一点他必听早广播，看电视新闻，或听人读报刊上的重要文章，或背诵鲁迅诗词。身在病房，心系宇宙。这时我眼前又浮现他静卧床上的情景：双眼大睁，仰望上空，脸容呆滞（帕金森氏症所致）似无表情，眼珠却不住地转动着。我想这正是他思绪万端、内心起伏之时吧。“我记不起搁笔有几年了，写字困难，我便开动脑筋，怀旧的思想在活动，眼前浮现一张一张亲切的脸，我的确在为自己结账。”1991 年在写出了《怀念二叔》之后，继又写出《西湖之梦》《怀念亲友》《怀念卫惠林》诸篇章。记得 1993 年的秋天，他去杭州疗养行前曾对我说过“这回去清清静静，要好好想想，思索一番”的话。不禁让我想起刘白羽在《崇高的孤独》一文中说：“爱因斯坦需要与世隔绝的孤独，在孤独中他的心和宇宙交融成一体了。茨威格也说过‘罗曼·罗兰是个伟大的孤独者’。正是在孤独与沉思的幻想中一个巨人有着超乎尘世之上的纯洁。这个伟大的科学家、思想家他懂得这纯洁的灵魂使人与宇宙共存。”

我想巴兄去杭州小住，有时个人独坐幽思正是在孤独中领悟人生，回忆过去，以鉴将来，思索着怎样去实现自己的思想。在《无题集·后记》里他就说过："我的愿望绝非'欢度晚年'。我只能把自己的全部感情，全部爱憎，消耗干净，然后问心无愧地离开人世。这对我是莫大幸福，我称之为'生命的开花'。"我算明白过来，一个经历过"炼狱"的纯洁的灵魂是永远也不会得到安宁的，除非他真的离开了人世。

躺在病床上的他无时无刻不关心着外面的一切，而外界的朋友和读者同样无时无刻不关心着他的病情，惦记着他的健康。单从我个人口中不知转达了多少人的亲切的问候和热诚的祝福。曾经同处"牛棚"共过十年患难的老友王西彦，眼下也病卧在床不能行动，每当我去看他时，总是泪水盈眶对我说："我多么想念老巴啊！他一定要坚持活下去，这不仅是他个人的事。"前些日子远在江西农村的一位读者还打来长途电话表达祝愿，并说他仍在继续抄写巴老的作品。这位忠实的读者也是位古稀老人了，曾经用了两年多的时间，几经寒暑抄写过《家》《春》《秋》和《寒夜》，共一百几十万字。去年冬天应邀专程携带装订成册的全部手抄本来沪参加上海图书馆举办的巴金作品版本展览。老友三姐更是寄来语重心长的短简说："我很希望知道巴金兄的消息。我希望巴金兄长寿，希望能告诉我真实情况。因为巴金兄是我最关心的老友了。”该说她的话是表达了众多老友的同一心情。患有眼疾很少写作的碧野也自武汉来信说：“巴老已九十六岁，他的高龄不仅有助文坛的正气，也是广大中国读者之福！我尊敬巴老，祝他永远健康！”当我把问候和这些来信带到病房去说给他念给他听时，我想友情的温暖，读者的回报，会减少他一些病中的苦痛，内心的烦躁吧。他说过“他一生活在友情中”这样的话。

上周又去过医院，一切都较平稳，据一位老中医说：“从脉象看他比前些日子好多了。”看来是在逐渐好起来。就此记下这些感受，借之奉告所有关心他的朋友和读者，以释关注之情。

1999年9月中旬于沪上萦思楼

巴金与抗美援朝

今年是抗美援朝五十周年，电影频道转播了大型纪念活动。让我想起了《英雄儿女》《上甘岭》等影片所描绘的中国人民志愿军战士们的各类英雄形象，不由得也随口哼出“烽烟滚滚唱英雄……”的赞歌来。这些影片久映不衰，震撼过多少人的心！至今眼帘下还留存有激荡情感的动人场面。英雄们的伟大的爱国主义和革命的英雄主义精神将永远地鼓舞、教育着人们前进。说起《英雄儿女》，电影原本是根据巴金短篇小说《团圆》改编而成的。忆及“文化大革命”前期上海的“造反派”们开始批斗巴金时，恰好影院里正放映《英雄儿女》，这下惹恼了他们，立即要影院把影片片头巴金原著等字样抹去不说，更勒令巴金检查、交代，说他写的小说与影片内容完全无关。真是荒唐可笑！而历史无情，1979 年党的十一届三中全会决议彻底否定了“文化大革命”。国家有救了，我们这才开始走上了复苏、繁荣的建国之路，方有今日上海的“一年一个样，三年大变样”的辉煌成绩，展示出美好灿烂的前途。1994 年 11 月下旬巴金九十大寿之际，影片中原扮饰王成、王芳兄妹的男女演员还分别从外埠特地赶来上海，去华东医院病房探望病中的巴金并向老人祝寿。而今又是几年过去，巴金九十六周岁的诞辰来临。看来这位世纪老人必然会平安地跨入新的 21 世纪了，我们衷心地为老人祝福，祝他长命百岁！

20 世纪的 50 年代初叶，巴金曾两度赴朝，深入志愿军前沿部队体验生活，先后共住了一年有余，因之得与志愿军的指战员们结下了深厚的情谊，他称他们作“朝鲜战地的朋友”，使他终生难忘。他的第一次赴朝是 1952 年 3 月，那时他已年近半百了，同去的文艺界人士十八人中数他年龄最大。他去过几个部队，住了七个月。入朝不久即写了两篇文章，首篇就是那时传诵一时的名篇《我们会见了彭德怀司令员》。之后就停笔下到连队里生活。他在一封家书（见《巴金全集》第二十三卷第 324 页）里还对爱人萧珊说：“三个月过去了，我自省工作成绩差，见闻虽多，并未深入生活，以后的三个月中得好好生活一下。不然会完成不了任务……我已经领到抗美援朝纪念章，可我觉得工作无成绩，受之有愧。”可是在这年的 10 月里，回国之前他还是编出了一本名叫《生活在英雄们中间》的散文特写集。回国后即应约交给人民文学出版社印行。更在《后记》中写道：“在朝鲜住了七个月，就只写了这短短的十一篇文章。自然应该写的东西是很多的，至少我还可以写一本小书，而我还打算写更多的作品，但是即使写出十倍多、二十倍多的作品，我也写不完这些日子里激动我的心的感情。我找不出适当的话来感谢我在朝鲜遇见的每个志愿军的指挥员、战斗员、机关干部、勤杂人员和文工团宣传队的男女同志。我称他们做朝鲜战地的朋友。我愿意把我的第一本朝鲜通讯集子献给他们。”回国后的几个月里，尽管事务纷繁忙个不停，他仍然时时被内心蕴积着的感情所驱使，又陆续写成了一本《英雄的故事》短篇小说集。其中《坚强战士》和《黄文元同志》发表后曾引起了不小的反响。他说《坚强战士》完全是真人真事，《黄文元同志》却是“把我在朝鲜遇见的几个四川青年战士给我的印象合在一起写成这篇小说的。最后所写的是邱少云烈士的惊天动地的英雄事迹，它太使人感动了。我想借用它来给我的平凡的文章添一点光彩。”即使几年后他在答复一位读者的公开信——《关于〈坚强战士〉》中还说：“动笔以后，小说的写作进行得很慢。英雄受苦，作者也在受苦。空气沉重，我的文思也迟钝。我在写作的时候好像跟着人物一同生活。那个时候我也曾仰卧在地板上用两只肘拐和一条右腿爬行……小说发表了，好几位同志都说‘写得不好，沉闷’。还有一位不认识的同志来信责备我不该写得使人读起来感到痛苦。他说了真话。我写的时候自己心里边也痛苦，当然写不出叫人感到舒服的文章……我的文章并不精彩，也不动人。动人的是张渭良同志坚强的性格和他对祖国和人民的深厚的爱（这都是在志愿军里培养起来的）。他的英雄事迹教育我，我也希望有人从我的‘特写’中得到益处。”

巴金第二次入朝是在1953年8月初启程的。这次仅只他个人单独前往，是他自己主动申请的。在那儿的部队里他已经交上了好些朋友了，他忘记不了他们。为了等办手续，等得他十分心烦。他在一封家书里特别提到：“迟到一天就少看见一些东西。最使我心烦的就是最近几个月上海的生活把我的精神消耗得太厉害。在朝鲜七个月的印象似乎全给磨光了。我想从事创作是因为我心中有许多感情，我非写出一部像样的东西才不白活，否则死也不会瞑目。至于别人的毁誉我是不在乎的。但要写出一部像样的作品，我得吃很多苦，下很多工夫，这对我创作没有妨碍。”（见《巴金全集》第二十三卷第332页）这回下部队应该说是“驾轻就熟”了，不会像“第一次去接触普通战士，同他们在一起生活，我有些儿胆怯”。而是在几个部队里“都有了朋友，很好的朋友”。另一封家书里写得更有情趣：“昨天半夜失眠，为捉背上一条小虫，弄坏了眼镜架。今晚趴在地上借着洋烛光写信向你问好。卫生员刚来洒过666粉，又打滴滴涕。通讯员睡在屋外廊上（这是兵团派给我的）打鼾，这种生活对我显得很亲切。我很好，出国以来天天坐车跑来跑去，一直未停过，但我不累。”他刚到部队时先各处看看，有时借住在朝鲜农民家里。这封信正是借住在农民家时写成的。

这回他又住了五个月，归国后他编写了一本名叫《保卫和平的人们》的散文特写集子。在《代序》里他写道：“去年我在中国人民志愿军部队中间生活了七个月，现在我又到了他们这里。我内心始终忘不了这些人和这种生活。我想念这些人就像想念自己家里人一样。去年我离开志愿军的时候，一个兵团的政治委员对我说：‘你不要忘记你是这个兵团的人啊！’这句简单的话使我非常高兴。我觉得成为这个‘大家庭’的一分子是莫大的幸福。隔了八个月我还记得这句话，而且想到这句话我的心就激动……他们把我看做他们中间的一个人了……‘都是自家人’，战士们对我说过这样的话，干部更常常对我说这样的话。这样我就在志愿军中间交了朋友了。他们的一切都牵动着我的心。我越跟他们接近，越认识他们，就越爱他们……不管我在哪里，我都看见那种‘一人吃苦万人享福’的忘我精神。不管我遇着什么人，我都在他脸上看到对祖国的爱，而且每个人都准备随时为这种爱牺牲自己的一切甚至自己的生命。”

回国以后他又忙了起来，会议多，任务重，身不由己地一会儿东一会儿西，甚至出国访问，连原本与“坚强战士”张渭良相约的会见也以另有任务未能践约，使他一直有愧于心。此时他仍然写出了两个故事《明珠和玉姬》与《活命草》，这是他怀念在朝生活期间认识的朝鲜小朋友，有感而作。他更没有想到1959年庐山会议后彭德怀司令员竟蒙不白之冤，身遭困厄。他入朝时写的那第一篇特写就此打入了冷宫，再难与读者见面了。不管怎么样，60年代初他还是陆续写出了包括《团圆》在内的七篇小说，编成题名《李大海》这个短篇小说集子。在《后记》里他深情地说：“我写这些小说，似有一种‘旧梦重温’的感觉。我写的虽是别人和别人的事情，可是我自己也在小说里边生活。我执笔的时候，好像又回到了九年前那些令人兴奋的日子，见到了许多勇敢而热情的友人。我多么想绘出他们的崇高的精神面貌，写尽我的尊敬和热爱的感情。”其中几篇小说还是他下定决心，排除一切干扰，远去四川成都写成的。连他的继母病逝上海，他也没有放下笔回家奔丧，机会难得啊！此外他还完成了一个十多万字的中篇小说《三同志》。由于自己不满意，便藏于笥内，没有拿出来发表，想找时机再作修改。哪料这一放就是十多年过去了。等到噩梦醒来，能得重新握笔之后，二十多年前的战地生活萦系于怀，难忘昔日那些英雄儿女们的感人形象，再把《三同志》旧稿找了出来想重作修改，可是时过境迁，要想再找机会补充战士生活已经难如人愿了，只能望稿兴叹，颇多感触。于是另行创作了一个短篇《杨林同志》。这该是他在“文革”以后写出的唯一一篇小说，也是描述有关抗美援朝战地英雄的最后一篇小说了。

1978年年尾，彭老总的冤案得以平反。此时巴金正编好自己作品的一本选本《爝火集》，他在“后记”里一开始即写道：“集子编成，序也写好，刚刚交出去，我就知道彭德怀同志恢复了名誉，我在二十六年前写的《我们会见了彭德怀司令员》也有了重见天日的机会。那篇文章曾经被当作‘反党反社会主义的大毒草’受到批判。我记得一九六七年七八月上海某报发表了一篇文章，标题是《评彭德怀和巴金的一次反革命勾结》，他们的证据就是‘会见彭总’。现在我把这篇散文收进集子，放在卷首，请大家看看林彪、‘四人帮’及其余党和爪牙们讲的是什么道理！”末尾他满怀深情地说，“……我想起了在朝鲜战地过的那些生活，彭总的英雄形象非常鲜明地出现在我的眼前，好像我刚刚跟他握手告别回半山的洞子里似的。他还是那么亲切，那么诚恳，那么平易近人，想到他已经离开了我们，我感到悲痛。人的生命是有限的，然而为人民立下的功勋却将与世长存。”直到1991年7月里这位八十七岁带病的高龄老人，尽管他的手指僵硬难以握笔，还是一笔一画勉力地在他的《巴金全集》第二十卷的末尾“代跋”中谈到《三同志》这部不成功的小说时还写道：“这一年的生活（指在朝鲜志愿军中）

我并不是白白度过的，我不是在替自己辩护，虽然没有写出什么作品，我却多懂得人间一些美好的感情。在我这一生，写作与生活是混在一起的，体验生活不单是为了积累资料，也还是为了改变生活。两次入朝对我的后半生有很大的影响。”这该是巴金心声的吐露。当时他还准备第三次赴朝，结果这个计划未得实现。在二十六卷的《巴金全集》里，还另收入有两本没发表过的《赴朝日记》，这是他当时体验生活的生活记录。

巴金原本是个信仰克鲁泡特金的理想主义者，又是个人道主义者，更是个热爱祖国的爱国主义者。你看他：30年代中期抗日战争爆发后，他在上海立即发表《只有抗战一条路》等短文声言自己拥护抗战的鲜明立场，立即以笔作投枪积极投入救亡运动之中；50年代初抗美援朝、保家卫国的战事发生，他自然响应号召，义不容辞地奔赴朝鲜，深入志愿军部队体验生活，同样用笔宣扬伟大的爱国主义和革命的英雄主义精神；70年代末，他出访法国，一天清晨他坐在四星级宾馆高楼的阳台上，瞭望窗外，浮现在他眼帘下的并不是巴黎的华丽闹市，而是北京、上海、成都的街景，因为他虽身在异国，实心系祖国的乡土啊！到了晚年躺在病床上他还这样说：“远离了读者，我感到源泉枯竭。头衔再多，也无法使油干的灯点得通亮。但是只要一息尚有，我那一星微光就不会熄灭。究竟是什么火呢？就是对祖国对人民的爱。

这也就是我同读者同在一起的联系。”打从去年春节前夕身染肺炎，陡发高烧。几经抢救总算脱离险境，可是病后已难以出声，只能静卧病床，靠鼻饲输液营养；而脑子清晰，关心的依旧是国家和人民的大事，精神佳时，必收听早广播，看电视新闻，让身边的人为之读报、诵文。往往安静地落入沉思之中。眼下病情还算平稳，对于一个病魔缠身多年的老人说来，已是不容易的了。

特在文末附上一句：用爱关心人们的心。

2000 年 11 月 19 日

又见巴金

走下公共汽车，穿过马路走上了人行道，压不住心头的激动，急匆匆地朝着去华东医院的方向迈步，走着走着，想起了医生的告诫，立即克制地放慢了步伐。自生病开刀后在家疗养以来，已有三个月未去过医院看望巴兄了。尽管他的情况通过国煣口中也都一清二楚，而思念之情仍炽，总想看到人心里才更落实。他已接近期颐高龄，又是个多病之身；自己呢，也是个八十四岁的老头儿了。说实话，彼此相见之日又能有多少了啊？手足情深！之前，我是每周至少必去医院一次的，总把外界某些情况和朋友、读者的问候与关心一一奉告。虽然无法交谈，可是通过眼神、面情，心灵的交流自在无言中。相对直视，我说他听，又自有一番欣喜与安慰。记得5月12日那天下午去医院，走进病房时，见病床已被摇起，他正端坐着。一眼见我，立即双睛放光，笑容满面，说不出地高兴。这时我也乐了，连声唤他，不住说今天你真好。来不及把要讲的话一一吐出。

就在我生病期间，他也从住了两年多的东楼病房转移到新近装建好的南楼病房了。新居显得更为幽静。房间似乎大了一些，南面是一排落地玻璃窗，窗外还有一道颇为宽敞的走廊，黑色栏杆下即是绿树成荫的花园。应该说这园子对他并不陌生。1996 年的春末，他在护理人员的伴同下坐着轮椅曾来园内草坪小憩过一阵子呢。而今已有两年多不曾坐过轮椅了。眼下，他如果侧身向外而卧即可看到一片赏心悦目的浓绿。耳际有时也会传来鸟啼、虫鸣，以及风吹雨打、树叶发出的沙沙之声。当我走近床前呼唤他时，他两眼直盯着我，嘴唇不住颤动，显然是在问我："你来了，病好了吗？"我连忙回答："好了，体力恢复得还算不错。三个月没有来看你，好想你哟！"接着把要讲的话和朋友们的情况一一相告。这一天他的痰似乎特别多，喉咙里总是呼噜噜的。小护士时时来用吸管吸痰，精神也因之欠佳，颇为疲累。久别后再见，总算满足了我的渴望。不愿多给他干扰，逗留不多久，即行离去。再到东楼看望另外两位久病的老友去了。

以上是两周前记下的。昨天下午，再次前往，是要把近日来自台湾朋友的问候与祝福相告，并把附于航信内的一纸剪报中有关他的文字念给他听。剪报乃台北《联合日报》8 月 25 日刊载痖弦写的《不容青史尽成灰》一文。文中有这样的话：“书川先生还告诉我，他印象最深的是陈辉的大业书店，在当时可以说是南部出版界重镇。该书店于1951年2月在高市大勇路开张，推出‘今日文丛’，所延揽的全是南部作家。王书川的《北燕南飞》《花笺忆》，艾雯的《青春篇》《雨巷花笺》……尹雪曼的《咕咾岛》，王黛影的《不归鸟》，张默主编的《六十年代诗选》都被主编人陈辉编入这套丛书之中，由于选稿严格，印刷精致，加上发行量大，使它成为台湾光复后第一套极具规模的文学丛刊。比后来萧孟能的《文星丛刊》还早至少十年。听说陈辉来自上海，曾在上海文化生活出版社工作，为老作家巴金助手，对文学书籍独具慧眼，工作有意境，也有方法……”文中提到的陈辉其人，确在文化生活出版社工作过多年，我们曾共过事。陈去台湾也曾得到出版社的支持与帮助。

这天我去得早了一些。巴兄刚午睡醒来不久，我跟他讲话时，虽听着，人似乎尚未完全清醒。稍后国煣来了，再次把我带去送他的两个小小条幅展开给他看。条幅乃我在“五一”节日前夕用小楷抄写他的《没有神》和《再思录·序》两篇短文，前一天装裱店家刚给我送来。国煣还问他看清楚没有，这时他神情贯注，点头示意。之后我一边拉着他的手立于床前，一边跟坐在对面的国煣讲话。他用手直撞我，我尚未明白过来，国煣却看见了，忙说他要跟你讲话，我急忙俯身看着他，只见他眼珠转着，嘴唇直动，一急，脸就涨红了，似又有痰阻塞喉间，咳不出来，脸就更红了。我忙叫护士过来吸痰。旁边的另一位老护士解释说，这两天痰少多了，只是痰黏了一些，黏在气管里，不用一点清水滴进去，溶解一下，是不易吸出来的。经此一番折腾累坏了他。痰吸去了，人慢慢也就平复过来，面色不那么红了。可是眼皮也不由得落下闭上，精神不济，他想睡了。

归家途中他那为痰所累的苦痛面情一直浮现在我眼前，如此活着也真不易啊！这些年来他一直同多种疾病做着艰苦的斗争，为了配合治疗，他无言地忍受着磨难与苦痛。“如果你在自己身上找不到欢乐，你就到人民中间去吧，你会想念在苦难中仍然存在着欢乐。”他躺在床上，听着柴可夫斯基的交响乐。想起了他的话，就更想把这句话告诉他思念着的读者。他那崇高的人格，坚忍的意志，顽强的精神，感动了不知多少人。由此他跟身边的医护人员结下了情谊，成为朋友，那是用爱心与真诚组成的一幅人间美图。“帮助巴金活过一百岁”成了一个祈盼，一份责任，一种情感，不单来自医院的医护人员，也来自千千万万的读者。

据可靠消息，11 月初，第六届“巴金国际学术研讨会”即将在福建福州市召开，又会是一次盛会。

脱稿于 2001 年“九一八”国耻纪念日前

梦境成现实

说来也巧，我在去年 11 月下旬有机会赴京得以参观文学馆之幸，虽然为时较短，却感受颇深。返沪后一直难以忘怀。其情其境，余韵袅袅，至今犹存，又何止于文学艺术之享受！

文学馆全名应是中国现代文学馆，指的是建成于新千年 5 月的新馆。馆址坐落在北京市朝阳区的原安苑东路。不过现在这条路已正式更名为文学馆路了。由此可见其影响。

新馆开馆之日，贵宾云集，一派喜庆气氛。这是轰动整个文艺界的盛事，媒体争相报道。是日，上海作家协会的徐钤同志专程赶往华东医院守坐在巴金老人的病榻侧，为之朗诵刊于报端、介绍文学馆的专题报道。老人安详、专注地倾听着。这一喜讯无异于一帖良方，使大病愈后的老人无比地振奋。老人的夙愿终于了却，精神大获安慰，他笑了。记得那还是在 1981 年 4 月初出版的《随想录之六十五·现代文学资料馆》文中的一开始，巴金就写道："这两年我经常在想一件事，创办一所现代文学资料馆。甚至在梦里我也几次站在文学馆门前看见人们有说有笑进进出出。醒来时我还把梦境当作现实，一个人在床上微笑。"而今巴金梦境真成现实了，文学馆的建筑不仅是那么的辉煌宏伟、古朴典雅，还具有现代化的一切设施。他能不笑么？中国作家协会和文学馆派专人送来开馆喜庆的各样纪念品。我因之也分得一份留作纪念。从那时起就有了前往一睹实景为快之愿。

早在 1986 年之初，我因公出差赴京。一天下午，曾得作家徐怀中同志之助，伴往西去万寿寺文学馆筹备处访问过。之后，两次赴京开会，又曾住宿在万寿寺文学馆的招待所，得首任馆长、已故老作家杨犁同志的热情接待。高墙深院、楼台长廊，虽显陈旧，呈颓败，但皇家宫廷气派依然留存。属保护文物之类列，不能作他用，必须另选新址。其实现代文学馆应该别具自己的特性，更应有现代化的设备，才能保存藏品。内容与形式要两相结合嘛。

去年 11 月上旬自福州参加第六届"巴金国际学术研讨会"归来后不几日，即得文学馆来电话，邀约前往参加他们为祝贺巴金九十八岁诞辰、将于 25 日举办"把心交给读者——巴金作品朗诵音乐会"和"走近巴金——大型图片展览"。盛情难却，我遂于 21 日到京，次日上午即由副馆长刘泽林同志陪同参观，一一详为介绍。馆址占地三千平方米。第一期工程落成的主馆部分是一万五千平方米，第二期工程也在进行中。主馆乃三座相互依存的庭院式建筑，飞檐斗拱，白柱紫墙，园林小院，朴雅大方。南大门前的场地中央巍然横卧一块长型花岗岩巨石，石上刻有巴金题语："我们有一个丰富的文学宝库，那就是多少作家留下来的杰作，它支持我们，教育我们，鼓励我们，使自己变得更善良，更纯洁，对别人更有用。"往前拾石阶而上，仰望白色三角斗拱的下方，高悬着江泽民题写的"中国现代文学馆"鎏金大字横匾。朝内则是镶着金色框的三大扇玻璃落地门窗，中为旋转门。我也是摸着门上把手的巴金手模进入这座文学殿堂的。大厅内黑白相间的天地给人以庄严的圣洁感。面外的玻璃窗全镶嵌着彩色的现代画图像，都是描绘名著中的某个细节，辉煌耀眼、斑斓夺目。一旁墙壁上则配巨幅油画，以"受难者"和"反抗者"为题，凸现名作中人物的文学形象：孔乙已、汪文宣、祥子、虎妞、觉慧、鸣凤、陈白露、白毛女……有着数千名作家签名的大青瓷花瓶就屹立在厅内左侧……

据介绍，文学馆定位为中国现代文学资料中心，具有文学博物馆、文学图书馆、文学档案馆和文学资料及交流中心的多种功能。现有藏品三十余万件，其中书籍十七万册，杂志九万册，手稿十万余件，照片八千多张，书信八万余封，以及录音带、录像带、文物等。对整批捐赠藏书的作家还建立个人专库，已有巴金、冰心、周扬、丁玲、林海音和卜少夫等十五位个人文库。二楼走廊上另设十八位作家的模拟小书房，是用作家和其家属捐赠的常用实物布置而成的。例如陈白尘书房的中央就有作家使用过的昔日清宫御书房的书桌，而胡风书房的一角则陈设着他常坐的一把破旧藤椅；另外还有放着萧军收藏的宋砚，萧乾二战期间奔波于欧洲战场使用过的相机……可谓琳琅满目、瑰宝纷呈。真是一物一景引人遐想与默思。啊，记起来了，眼下陈放展厅玻璃柜内 20 年代巴金主编的《平等》杂志就是我 1994 年春来京开会时亲手交于舒乙同志的，乃巴金捐赠的几件资料珍品之一，该刊物应是世上唯一现存的合订本了。户外各个小院的草地上错落有致地塑有鲁迅、郭沫若、茅盾、巴金、老舍、曹禺、叶圣陶、冰心、朱自清等十三位文学大师的雕像，或坐，或立，或扬手高歌，或低眉沉思，或喁喁聚谈……无不栩栩如生。

巴金说："我们的新文学是撒播火种的文学，我从它得到温暖，也把火种传给别人。"又说，"将来的文学馆成立需要做的工作可能更多。"进而预言，"十年以后欧美的汉学家都要到北京来访问现代文学馆，通过那些过去不被重视的文件、资料，认识中国人民优美的心灵。"这些年来文学馆的确做了不少的工作，不仅在北京举办过多次丰富多彩的名作家的生平与作品展，继又分期到上海、四川、福建、武汉等地作巡回展出，为外地读者服务。新馆成立后，馆长舒乙同志更曾远访美国，并与台湾有关方面（台南也正在筹建“中国文学馆”）晤谈，谈及日后两岸的馆际交流、人员互访及展品交换展览的各类事宜。至于新馆开设的定期文学讲座更是深受广大读者、学子的热烈欢迎。最后还是让我引用倡办文学馆的巴金的话来结束本文吧：“点着火柴烧毁历史资料的人今天还是有的；以为买进了最新机器就买进了一切的人也是有的。但是更多的人相信我们需要加深我们的民族自豪感，提高对我们的民族精神的认识。认识自己，认识我们的文学，认识中国人民的心灵美。”（见《真话集》第19页）

让我们加大努力把这座新建成的汇集了丰富的人文宝藏之库，展献给世界吧，让更多的人了解我们中国文化的博大精深，让人类共同享用这一精神财富。

脱稿于2002年春节后二日的萦思楼

追忆萧珊

十年过去了，二十年过去了，也真快。今年 8 月 13 日是萧珊逝世三十周年忌日。蓦回头，这三十年真像一瞬间似的过去了吗？三十年，在人生旅途上是个不短的历程。一个人能有几个三十年好活啊！可萧珊连第二个三十年也没能活过就含冤而去，她又是多么地想活啊！巴金算是活过了第三个三十年，活得也真不易。活到近百岁的高龄，该是长寿了。他却说，长寿对他是一种惩罚。你看他三年多来，仰卧病床，身不能动，口不能言，还时时要忍受种种难耐的苦痛。因为他脑子仍清晰，还能思考，还有记忆，还有感情，只是身不由己，一切都要听从他人安排。说不定还会有梦魇的干扰。每当去医院看望，向他转达朋友们的祝愿，读者来信的问候，以及外界的一些新鲜事物，看到他眼神焕发，嘴唇直动，话涌喉间，吐不出声，急欲表达，往往涨得满脸通红，我心不由直发颤，连忙劝阻说还是听我讲述吧。此情此景深印脑中，往往禁不住浮想联翩……要是萧珊活着守护在他身旁，他也决不会成为今天这个样子。

往事上心头：1944年的春天，我们初次相见。桂林东郊福隆街福隆园，一座二层木造的临街楼房前，萧珊手捧香茶一杯，或漫步楼房前的小园中，或在高高的石砌阶沿上来回踱着。她神情潇洒意态安详。不几月即与巴金离桂赴黔，去贵阳花溪旅舍结婚。相爱八年了！斯时她正当风华茂盛之年。此后，不管战时物质生活是多么地艰苦，贵在相知相爱，他们的精神生活是愉快的、幸福的。相濡以沫，企盼着胜利，向往着黎明。

新中国诞生了，新生活也开始了，一切都是新鲜的。她逐渐忙起来了，不单是操持家务，抚育子女，积极投身学习，还要从事文学译事；更无时无刻不分担着巴先生的喜与忧。巴金赴朝鲜深入战地生活，离别之苦，思念之情又是何等的深！在一封《家书》里她写道："我还是一个母亲，一个女人，有时我的怀念是沉的，会叫人眼睛发潮。自然我懂得我的怀念会是跟千万个母亲、妻子连在一起的。"在另一封里她更直吐心声地诉说："孩子们都太小，不知道母亲的挂念，朋友们也不理解我的心情，亲爱的朋友，你不知道在我的生活里，你是多么的重要，永远是我的偶像，不管隔了多少年！对我说话吧，别用沉默来惩罚我。我受不了，我心里不妥实，你从来没有这么久不给我来信！"真情浸满纸。

1958年当巴金远在国外参加某国际会议之时，北京、武汉两地的某些院校，经人策划，突然发难，以“拔白旗”为名，大举批判巴金作品和思想。言辞激烈，叫人深感意外。苦了萧珊！有天我去她家探望，她忧心忡忡、茫然不解地私下问我：“为什么在这个时候单单批判巴先生？”我讷讷难语，只有言不由衷地举出几点理由支吾以对。其实我自己也不明就里，对这突然的袭击即感不安，复感不平。幸好过了一段时间，这大批判也随之“无疾而终”了，总算平安无事，又过一关。

1960年冬巴金得到机会远去四川创作。我母亲因肝癌突发，不一月即病逝医院。萧珊代巴金主办一切。凡事皆与我商量而后行。斯时正处于“三年困难时期”，让她操透了心！先后还得到陈同生和孔罗荪二位的不少帮助。

1965年夏我由奉贤转川沙继续参加郊县的第二期“四清”工作。没多久因肠胃病复发，被退回原单位。这时我食难下咽，浑身乏力，精神颓然，瘦弱不堪。这引起了她的关注，一再劝我想法去医院检查，还担心我经济拮据，私下里塞钱给我爱人，要她替我增补营养。算我福大，得同事之助去一大医院作透视，无他，乃十二指肠有个憩室毛病。这下大家都放心了。

“文化大革命”开始时，初期我依然一如既往地常去她家看望。有次进屋坐下不久，即被一伙冲进来的红卫兵赶出了大门。打从电视大会批斗“黑老K巴金”之日起，我的日子也开始不好过起来，写交代，作检查，没完没了。“狗兄弟”的大名也上了批巴金的大字报进入闹市街头。不久也给关进了“羊棚”，失去了自由。1969年春末获得解放，冬天里应“四个面向”的号召被批准入慰问团，去吉林农村接受再教育。1972年春随团返沪休假，一天偶去大街购物，不期与萧珊相逢，连忙上前招呼，却相对无言，熟视难语，仅只互问平安，共道保重而别。她神情悒郁，略显憔悴。得此一晤，彼此也感欣然。不几日我即重返东北。两月后从家信中知她病了。再得信时，说幸有朋友相助，能进医院治病了。这应是大好事！岂料8月尾从集体户返回县城住处，方获悉这月的中旬她已病逝医院了。这使我心绪难宁。难道我们街头偶遇竟成永别了么？是什么病这么快就夺走了她的生命？此时丧偶的巴兄又将如何……四个月后我终于回到了上海，到家的次晨立即赶往武康路看望巴金。相见时生怕提及萧珊，尽讲些无关紧要的废话，实不知如何才好。还是后来我九姐把我拉在一旁，出示萧珊大殓前后的多张照片，一一为我解说当时情境。边看、边听，心碎了，难抑感情、泪水直流，唏嘘不已。巴兄默然枯坐一旁，未出一声。看来身经“百斗”的他早习于压抑自己，埋藏感情，泪往心里流了。老实说，直到六年后读了《怀念萧珊》这篇充满血和泪的悼文，我才算比较详细地知道了萧珊病前病后的种种遭遇，她所处的境地。她又怎么能不得恶疾？有了病还不许治。这时我才真切地体会到巴兄心伤之重，情爱之深。经此大劫，他不仅痛自己，更忧国事，悲民族，因之“随想”连篇，剖自己以警国人，用心良苦。

忆往昔，六十五年前的“八一三”战火燃烧在上海，一个向往革命的进步女青年，为了报效祖国，投身救亡运动，不顾艰苦去到红十字医疗队看护伤兵，何其壮哉！岂料三十五年后，因被诬为“黑老K”的老婆，遭受种种凌辱，竟抱屈病死在革命胜利后的新社会里，又是那么地凄然！恰恰逢上这个国难纪念日，是历史对她的嘲弄，抑是偶然的巧合，唯有仰首问青天了。

在《怀念萧珊》一文中巴金说，“梦魇”仍然不时地困扰着他。萧珊逝世十周年之际，他写《再忆萧珊》一开始就道：“昨夜梦见了萧珊，她拉着我的手说：‘你怎么成了这个样子？’我安慰她说：‘我不要紧。’她哭起来，我心里难过，就醒了……怎么今天我还做这样的梦？我怎么现在还甩不掉那种种精神的枷锁？”虽然人们常说，流年似水，往事如烟，日子久了，一切都会随之慢慢淡化消失。但有些人和事却又像团浓雾或重云似的压在头上久久不散，让你透不过气来，实在叫人无法忘掉。那“精神的枷锁”又岂能轻易甩得掉的？天若有情天亦老，人到老年总易于怀旧啊。

…………

末了我也只能悄声祈说："萧珊，我敬爱的兄嫂，您别急啊！巴兄虽成了今天这个样子，那是他在履行诺言，努力做到言行一致。他说过'愿意为大家活着'的话。为了别人就必须牺牲自己。您当然理解的。您不也曾为他吃了多少苦痛！眼下我们也只有痛在心里，为他的平安而祝福吧。"

2002 年 8 月 22 日脱稿

“愿为大家活着”

——贺巴金百岁大寿

十二年前，左泥兄将搜集的《巴金传》(徐开垒著)的插图、画页装裱成册展示余前，并索数语冠于首，曾写过这样的话：“全图自巴金1927年辞别祖国赴法留学始，至十年浩劫期间与萧珊诀别止……大半生之奋斗经历，坎坷遭遇，无不择要显现于画内；而巴金对人生的思考、探索、追求精神，同样亦跃然纸上。”今左兄复以十来年间以此画册向巴金的老友、熟朋、同行、读者征求题词，所得的数十篇章，汇同画页编辑成《名家诗文画集藏》，付梓精印，以贺巴金百岁初度。诗、文、画相互辉映，愈发凸现了巴金这个人——这个一生把心交给读者的诚挚的人。

纵观巴金人生旅途，今天还能勉力地走到期颐之年，也实在不易啊！记得沈从文夫人兆和三姐曾在贺巴金九十诞辰的电文中动情地说：“你活得太苦，太累，太不容易！”这是知之甚深的老友发出的衷心语声。

君不见，远在七十七年前，巴金还是个满怀革命理想的二十三岁青年学子，立于黄浦江畔一艘外轮甲板上热泪盈眶地低声自语：“再见吧，我的不幸的乡土哟，我恨你，又不得不爱你！”这是他当时苦痛心情的表述。

巴黎的清苦单调读书生活激起了他的思乡之情，因此经常去先贤祠，向那“梦想消灭不平等”和“压迫”的“日内瓦公民”卢梭的铜像倾诉自己寂寞、苦痛的心声。法国先贤们“爱真理、爱正义、爱祖国、爱人民、爱生活、爱一切美好事物”的言行给予了他深刻教育，他说：“我想到过去的爱和恨，悲哀和欢乐，受苦和同情，斗争和希望，我的心就像被刀子割着一样，那股不能扑灭的火又在我心里燃烧起来。”他坐不住了，原来“抱着闭门读书的决心”给打破了。特别是那个被关进美国监狱、死在电椅上的意大利人凡宰特写给他的信里的“我希望每个家庭都有着住宅，每张口都有面包，每颗心都受到教育，每个人的智慧都有机会发展”的话，更让他万分激动。这正是他心里想说没能说出的话，也使他更加明确了今后的人生道路。自此，他“开始在一个练习本上写下一些东西来发泄”当时的感情，“让我的痛苦，我的寂寞，我的热情化成一行一行的字留在纸上”。这本练习本上写的东西就是后来发表在《小说月报》上的《灭亡》。从此他与文学结下了不解之缘，成为一名作家了。但这实在又有违他的夙愿。他原本抱着探索人生的理想，远走海外，想找寻一条救人、救世，也救自己的路，通过革命实践以求改造黑暗的旧中国。结果由于种种因素，理想难以实现。思想产生了矛盾，内心痛苦不堪，不但无法放下手中的笔，反而愈写愈勤了。只有写作才能倾吐苦闷的感情，平息燃烧在心里的烈火。学人陈思和在他的《巴金传》里分析说："巴金在文坛上的魅力，不是来自他生命的圆满，恰恰是来自人格分裂：他想做的社会改革事业已无法做成，不想做的文学事业却一步步诱得他功成名就。巴金的痛苦，就是巴金的魅力。"而巴金自己并不在意他在文学上的成就，从来不认为自己是个文学家。在小说《春天里的秋天》的序里他就苦恼地写道："我的许多年来的努力，我的用血和泪写成的书，我的生活的目标无一不是在：帮助人，使每个人都得到春天，每颗心都得到光明，每个人的生活都得到幸福，每个人的发展都得到自由。我给人唤起了渴望，对于光明的渴望，我在人的面前安放了一个事业——值得献身的事业。然而我的一切努力都给另一种势力摧残了。在唤醒一个年轻的灵魂以后，只让他或她去受更难堪的蹂躏和折磨。"写作同样使他苦痛。倒是他在 1935 年 8 月起主持文化生活出版社、从事编辑出版工作的近二十年内，在积累文化这一社会实践事业里找到了短暂的内心的平衡。

新中国成立了，民族新生，国家有望。巴金跟随人民一道迎接新社会，积极地投入新的生活，力求改变自己，改变自己手中这支一直揭露黑暗、控诉罪恶的笔。没料到理想与现实、主观与客观又产生了新的矛盾。苦恼的是连自己使用惯了的笔也难以表达自己的意愿，勉强地写些自己不熟悉的生活。

一个运动接一个运动，先是身不由己地跟着别人喊着大话、空话，继之又不得不违心地说点假话了。静夜反思，痛苦何堪！最终被打入地狱，沦为“牛鬼”。等到十年梦醒，他回顾既往，汗流浃背，内心出血，沉痛地说：“经过几年的考验，拾回来‘丢开’了的‘希望’，终于走出了‘牛棚’，我不一定看清了别人，但是我看清了我自己。我虽然十分衰老，可是我还能用自己的思想思考，我还能说自己的话，写自己的文章。”痛定思痛，重新拿起笔大胆而又谨慎地写出自己要说的心里话。他用了八年的时间才完成《随想录》五卷，一本“讲真话的大书”。这一历程，老作家陈丹晨的《天堂、炼狱、人间——巴金的梦》和青年评论者周立民的《另一个巴金》两书中都有较为详细的记述与分析。在《探索集》的后记里巴金写道：“我说过，是大多数人的痛苦和我自己的痛苦使我拿起笔不停地写下去。我爱我的祖国，爱我的人民，离开了它，离开了他们，我无法生存，更无法去写作。我写作是为了战斗，为了揭露，为了控诉，为了对国家对人民有所贡献，但绝不是为了美化自己。”在《我和文学》一文里他还说：“这仍然是在反对那些无中生有、混淆黑白的花言巧语。我恨那些盗名欺世、欺骗读者的谎言。”

尽管巴金说过：“我的思想不但几十年来不断地变化，即使最近十年来，在我写《随想录》开始时，对有些问题的看法，到目前也有所不同了。”（答徐开垒的访问）但是，“不把自己的幸福建筑在别人的痛苦上，爱祖国，爱人民，爱真理，爱正义，为多数人牺牲自己”，这一信念始终如一地贯穿在他的作品与行为中，讲真话、表白灵魂，把心交给读者，依然如故。就是“躺在床上，无法拿笔，讲话无声，似乎前途渺茫”的时候，他想着的仍是他的读者。当他听着柴可夫斯基的第四交响曲，想到柴氏说过的“如果你在自己身上找不到欢乐，你就到人民中间去吧，你会相信在苦难的生活中仍然存在着欢乐”。他说“这正是我要对读者说的话”。不能用笔了，就想法用行动实践自己的诺言，偿还自己的“欠债”。

从 1999 年 2 月 8 日到今天，已经四年多了。他依旧躺在床上，过着跟病魔作斗争的日子。我们该还记得巴金在《激流三部曲·总序》里就说过：“生活并不是悲剧。它是一场‘搏斗’。”在《随想录》第五本《无题集》的后记里他又说：“我的愿望绝非‘欢度晚年’。我只能把自己的全部感情、全部爱情消耗干净，然后问心无愧地离开人间。”当他又一次战胜病危，经过一段时间的内心“搏斗”与思考，他终于又作了诺言：“愿为大家活着。”为大家活着就意味着牺牲自己。好多年前他就说过：“我活下去只是为了‘给’，不是为了‘取’，这样的生活是有光彩的。”他的忠实的读者和老友杨苡说得好：他奉献出他所有的燃烧的热情，因为他爱人类，他爱他的亲人、朋友和读者，他始终相信“爱能征服一切”。他还能坚持着活下去。

祖国需要他，读者热爱他。多年来护理他的华东医院医护人员说：“我们期盼着在他百岁生日那天送给他一篮百朵玫瑰花。”玫瑰花是爱的表征。以往在他的生日里总有人给他送上盛开的红玫瑰。冰心大姐在世时几乎年年如此。眼看他的百岁大寿之日即将来临。届时，灿烂似火的百朵红色玫瑰必然飘香在老人的病榻前，病房里又将是一片喜气洋洋的欢乐景象。

让这篇小文伴随着玫瑰花，表达我的一瓣心香吧。祝愿巴金老人身心欢畅，永无灾！

2003 年 3 月 26 日写毕于萦思楼

2003 年 7 月 28 日重订于酷暑高温中

书缘初忆

——怀巴金

一次巴金追思会上，曾借用弘一大师“悲欣交集”名言以解说自己在他去世后的烦乱矛盾心情。欣的是他总算摆脱了六年多来身不由己的种种苦境，终于走完了自己的人生旅程，还活到百岁又一的高寿，多么的不易！每当看见他仰卧病床，口不能言，全赖药物与鼻饲维系着生命，活得是那么的又苦又累。“真是活遭罪！”近年来我常常用这话回答老友熟人对他的问病与关心。而今，人走了，骨灰也撒落大海，漂流四方。我再也不用去华东医院病房门前高声唤他了。我不仅仅又少了一个亲人，更失去一位用自身的言和行指导我做人处世的老师，能不叫我痛心疾首地悲乎？记得，有次秋末赶去西子湖畔的汪庄探望他，闲谈时，他对我说：“有什么话要说，有什么问题要问，你就尽管讲吧。”而我呢，每次来去匆匆，未作行前准备，更担心会劳他心神，影响了他的疗养。伴坐在他身旁，首先是转达老友熟人的关心与问候，然后讲些见闻趣事引他开心，有次他听后竟呵呵而笑。我也就心态安然了。其实要说的话要问的事多多，一时不知从何谈起。可就此坐失良机。此时悔恨已晚，岂不痛哉！

我原供职成都某家银行，是他1942年春末第二次返川建立文化生活出版社成都办事处，把我拉进图书出版业工作的。自此终身永定，跟书结下了不解之缘，在出版社干了几十年的编辑，退休后依旧藕断丝连，难脱书缘。

提到书，他的成名作《灭亡》寄回老家时，我尚在家塾里，读的是四书五经，学的是孔孟之道，闲时翻阅的多是旧小说中的侠义、公案之类的作品。新式小说、诗歌颇有格格难入之感。《灭亡》既出胞兄笔下，理当拜读，也不过是囫囵吞枣似的读了一遍。倒是两年后他的一本译著《我的自传》一书，传主讲述自己的种种生活经历，却让我深感兴趣，给我颇多启发。书前的“代序”还是写给我小哥哥的。序中说道：“在你这样的年纪，理论书是根本不适宜的。而且我以为你的思想，你的主张应该由你自己发展，我决不向你宣传什么主义。不过在你还没有走入社会的圈子，接触实际生活以前，指示一个道德地发展的人格之典型给你看，教给你一个怎样为人，怎样处世的态度，这倒是必要的……他一生只想做一个平常的人去帮助人，去牺牲自己。”这些话深印我脑里，无形中在我眼前展示出一条做人的道理。特别是在他主持的出版社中与他共事的十几年里，正当国难临头，极为艰苦的年代，出版社累遭厄难，受尽迫害，损失多多。生活总是处于东奔西走不安定的状态中。虽然面临种种困难，却从未见他垂头丧气过。总是执着地默默无言，任劳任怨，竭尽全力以赴。那种敬业、爱书、惜书的挚诚热忱，实在令人感动、佩服。为了能把一本宣传抗日、昂扬斗志的刊物，一本展示高尚品格、表现美好愿望、鼓舞人向上的好书奉献给社会，他是不辞辛劳的。对读者和作家真是忘我地竭诚服务，实实在在地履行着自己的诺言：“把心交给读者。”

说实话，除了那本《我的自传》外，他专心致志译述的克鲁泡特金的理论巨著《伦理学的起源和发展》，我至今没有认真读过，手边连书也没有，讲不出点道道来，深觉歉然。他本讷于言。我们在一起（包括通信）不是谈有关出版社的事宜，就是东拉西扯地对某些出版物的一点看法，特别是对外国名著的译文等。往往又是我讲得多。他从来没向我宣说过什么主义，讲述过人生大道理。对人对事如有不同的看法，也从未摆出兄长或大作家的架势强加于我。往往在我事后思索时，方觉察出自己在素养、学识方面跟他的差距是那么的大。

他曾对我说：“思想随着现实的考验，总有变化、发展。我的思想不但几十年来不断变化，即使近十年来在我的《随想录》开始时，对有些问题的看法，到目前也有些不同了。”他劝别人读《随想录》最好作为整体来看。其实又何止于他这本大劫后写出的巨著，应该包括他的全部作品与译文（特别是“译后记”），以及近年来发现的佚文与写给他人的信函在内去解读，对他的人和文的关联才会有一个比较全面的理解，也才能体会到表现在作品中的他的思想随着“现实的考验”的发展和变化。

前文说过我从未读过他译介的克氏的《伦理学的起源和发展》一书，手边也没有这本书。可是 1996 年发表在报刊上的《巴金译文全集》第十卷的“代跋”，却引起我的注意与思索。代跋中强调说：“道德的基础是由社会本能发展起来的，构成道德的三个要素，也是三个阶段，第一是休戚相关，相互帮助，这是社会的本能；第二是正义和公道，这是人与人相处的准则；第三是自我牺牲，自我奉献。”随后他在送我的《译文全集》（共十卷）时曾亲口指明：“译文你不用去读了，也没有时间读了吧，我写的‘译后记’和‘代跋’却要好好看看。”

又是十年了。近十来年里国家的变化是多么大啊！经济稳步增长，人民生活逐渐好转，物质的建设更是有目共睹的事实，令人振奋。眼看社会风气的浮躁，人与人之间的冷漠相待，钱欲横流，人皆争利，弄虚作假，几无诚信可言，贪污腐化，有增少减，又令人忧。文化道德滞后于物质，与国家的发展实不相称。真要达到一个安定、团结、幸福、和谐的小康社会，人们的文化素质、道德基础必须大有提高才行。看来仍须上下努力，人人都应该多作一点“自我牺牲，自我奉献”啊！

2006 年 3 月 27 日于萦思楼

忆四哥巴金

荏苒时光，倏尔即逝，四哥去世不觉半年多过去了。清明前一天去洋山深水港参观，立于大洋山之巅，面临东海，远眺浩渺波涛，心潮随之起伏，一片幽思陡然升起。去年 11 月 25 日他生日那天，他和珊嫂的骨灰落葬于崇明东海之滨。今天孩子们同样携带鲜花瓣再去海边撒花祭奠，寄托哀思。这时我想他俩早已顺着水波走远了。唯愿平安地抵达彼岸，把他俩的至真至诚之爱散留在远方那些不知名的所在，开放出灿烂的花朵。爱，才是世界上最美好的东西！有了相互的爱，人们才会有和谐、幸福的生活。归家后心潮仍难平。他那仰卧病床时的双眼，不是半睁半闭昏昏然似睡的样子，就是大睁着紧盯屋顶、一副沉思苦索的容颜；还有那老张开的嘴、下颚不住地启合，似有话要说，却又发不出声的无奈的表情；总不时浮现我眼帘。好像他还是躺在华东医院的病床上……忍不住低声唤道："四哥，你好吗？"泪水夺眶、心房颤抖……他已走了，永远地走了，再也见不到他了。唉！但求能在梦中相逢。

一

还是2004年2月17日那天，我刚放下晚饭筷子，国煣忽来电话，说四伯伯病情有变，速来医院。赶到病房，只见里里外外一片紧张，人人面容沉重。我被套上一外衣，戴上口罩，蹒跚地走到病床前，只见端端泪水汪汪守在床边。我唤声四哥，不禁悲从中来，泪流满面了。不过三五分钟，即被搀扶出，凄然落座外室沙发内。九时过被劝回家休息。昏沉沉地算是过了一夜。清晨电话传来病情无变，终于慢慢地逐步转好。他又过了一关。原来是心率减慢引起肾功能衰竭，面临血透危境，全家人只望他能少受点苦痛折磨，听其自然地走向生命的尽头为好。出人意料，他不但安过险隰，还慢慢地平稳下来。太好了！我又照旧每周六下午按时去医院探望。虽不能走进病房，必然站在门口朝内高声唤他两次，然后坐于外室向小吴或小张询问病情状况。如果逢上那天他精神较好，又无别的情况，就不守规约闯到榻前，跟他讲上几句，稍立片刻，再行退出。有次他竟两眼大睁、闪闪放光地望着我，露出笑意。我高兴极了！天上不是也有颗星星时时发射出光芒照耀着他么？看来他定会照旧平稳地度过即将来临的百又二岁的寿辰。这正是我们全家人的祝愿。

去年10月14日晚，我从外地旅游归来，国煣又来电话了：病情有变，嘱次日前往。15日下午2时去到病房，情况大异，人影幢幢，一片紧张沉重的气氛。国煣搀着我走到阳台上病室外的落地窗前，朝里望去，全是白衣人员走动着，病床上的他面扣氧气罩，周边机械杂陈，抢救情景立陈眼前。已看不清他的面容了，显然他正经受着极其苦痛的折磨。心房紧缩，泪水即流，颓然落座在身后的小椅上。这时国煣正向立在窗内边上的俞院长询问情况。他们说些什么，我已听不清楚，不住引颈内望，总想看个清楚，立立坐坐，这样过了半个多小时，毫无所得。疲惫不堪，难以忍受，怀着一颗作痛的心，急急让小外孙女搀着冲过人群走出病房，去到医院大门口叫车回家静候一切。

不知怎的，近年来人总易于激动，难以抑制。是否人老了，感情脆弱，无法承受重压？更怕死别之伤。不少老友过世，总是避去灵堂送别。而今面临之哀更重了。

16日这天全在悬念与默祷中度过。17日晨电台播出“神舟”六号胜利返航，完成任务安全回落基地，佳音令人振奋。有此大喜，定能冲走他头上的厄运，又会慢慢转好的。他曾几经危境，全都平稳度过。他的生命力就是强啊。心存此想，精神稍佳，有了一线希望。晚7时半绍弥代国煣转告噩耗时，眼前的一丝微光又给抹去，一片漆黑，骤落冰窖，身心全冷，欲哭已无泪了。

23日下午3时赶至殡仪馆一小室内守灵，见他面颜微红，毫无病色，一副安然沉睡的样子，去掉了来时的惴惴忧心。小林姐弟等再去大厅查看灵堂的布置了。邱俭取出相机留影，为我留下他这副安然的睡态。

24日的送别仪式，木然地立候在他身侧，答谢前来送别的人众。3时半被小周带出，这时才见到外面广场上全是人，一片肃穆沉痛气氛。好不容易擦肩接踵走出人群来到大门外，匆匆搭乘小郏的车子赶去嘉兴，参加第二天即将召开的第八届巴金国际学术研讨会。这样又免去我护灵、送灵之痛。之后的日子里，又一如既往地沐浴在专家、学者们的热情发言中，及旧友新朋的关怀里，更感受到祖籍乡亲的高情厚谊。他若有知，定嘱我代答：名实难负，愧不敢当。盛情不忘，谢谢，谢谢！

返家后方从不少报刊上看到是那日送别会前前后后的种种情景，送别人众竟达五千人之多，实出我意外。在送灵出外时，有来吊的人竟伏身地上哀痛不已。睹此图片，能不无动于衷乎？这是读者对他的真诚的回报。

一次追思会上被邀最后发言，曾借弘一大师名句"悲欣交集"以解说我那阵子的矛盾心情：先是觉得他虽远去，总算摆脱了那有口不能言、有思无法表的六年多卧床苦痛生活，替他欣然；继则为亲人永逝的切肤之痛沉落于无法自拔的悲思中，有好长一段时间又徘徊在幻影杂陈的昏然梦境里。而今痛定思痛，往事浮沉，更感凄然。权借笔抒怀，吐出郁块，稀释心哀。

二

回忆1923年的春末，他远走上海求学时，我年方七岁，蒙蒙然不识离别滋味。那时大家庭犹存，几十口人共处，尚无多大变化。尽管有的长辈怪他性子孤僻倔强，恨他总不听长辈的话，斥之为叛逆者、不肖子孙。我却少动于衷。直待知识稍长，读了他的一点作品之后，方才明白他原来受了新思潮的影响，痛恶封建礼教的专制独裁，深感同辈青年遭受不合理的迫害，生命等同草虫；更叹自己无力以助，遂而寻求理想，立志献身趋向革命道路，要做一个改革社会的革命者。慢慢地又发现他写出的小说竟然有那么多人爱读，成为一个颇有名气的作家。我读书的中学里就有不少同学是他的崇拜者。自然而然地引起我的尊敬，另眼看待他了。年事日长，逐渐认识一点世界，明白一点做人的道理，因而对他有了进一步的理解，却从无直接的联系。

1941年春，他回到了阔别十八年的故里时，老家早已瓦解，连本房的亲人也处困境而又分居两处了。我恰在一偏僻小城工作，无力赶返省城与他相见。直到次年的夏天，我们才得机重续弟兄情谊。这时我已从外县调来省城的银行分行供职，且借住银行单身宿舍内与人共屋。我们相见多在傍晚前聚于商业场的某茶馆里，往往是同辈数人。他的再次回蓉，主要谋求出版社的发展，筹建成都办事处。先是把我拉进出版社工作，继则要我想法另租房屋把分居的家人重聚一起，至于家用则由他主要负责，便于解脱我后顾之忧，彻底脱离银行职务，全身心为他主持的出版事业献劳。就此改变了我的人生道路。我们之间不仅加深了同胞亲情，更建立了共谋文化事业发展的新谊。

抗战时期的苦难生活，进一步清醒了我的头脑，他的为人处世也更给我留下了终身榜样。在一篇短文里我曾回忆说："特别是在与他主持的出版社共事的十几年里，正当国难临头、极为艰苦的年代，出版社累遭厄难，受尽迫害，损失多多，……从未见他垂头丧气过，总是执着地默默无言，任劳任怨，竭尽全力以赴。那种敬业、爱书、惜书的挚诚热忱，实在令我感动佩服。"那时他不只是白尽义务，有时还把自己的稿费也贴了进去。为了事业，为了广大的读者，为了作家和译者，他真是付出了一切，满怀希望地朝前直奔。他要用自己的行动来证明："作为对敌人暴力的一个答复：我们的文化是任何暴力所不能摧毁的。"在给朋友的信中他还说："对战局我始终抱乐观态度，我相信我们这民族的力量。我也相信正义的胜利。在目前每个人应该站在自己的岗位努力，最好少抱怨，多做事，少取巧，多吃苦。”又说，“从事文化建设工作，要有水滴石穿数十年如一日的决心。”

1944年初秋，湘桂大撤退。我从桂林逃难出来，辗转到达重庆，他亲来南岸海棠溪汽车站接我。面对无多言，庆得平安再见，深情在内心。珊嫂对我说：“巴先生知道你有去平乐游击的打算，是多么的担心你，现在见到你放心了。真高兴。”他还与我约定，8月中旬同返桂林处理后事，恢复业务。岂料战事突变，8月桂林大火，计划破灭，就此同留山城。

抗战胜利了。大家高兴了一阵子。复员的人莫不为找交通工具而苦恼。四哥更急。得三哥电告：大病初愈，陆蠡下落不明，速来沪。好不容易11月里他才赶到了上海。岂料三哥又病倒在床。当我们收到他发回的三哥病逝的噩耗时，原以为阔别了二十五年的弟兄，有了再聚的希望落了空，真是痛彻我心。又为他而担心，这时身怀有孕的珊嫂产期临近，盼他能尽快返回山城，少受一点两头牵挂、身心交瘁之苦。我们也可以多知道一点是什么病夺走了三哥的生命。

1946年初春，朗西哥正积极与他的合作界朋友筹建文化合作公司之时，命我先去成都结束出版社成都办事处，顺便探母，返渝后即去上海为公司工作。可是回到重庆没两天，四哥即对我说：“情况有变，你不用去上海了。我同朗西谈妥了。文化生活出版社事仍由我全权主持，他还是负责筹建他的文化合作公司，今后互不干扰。文生社必须保存，一如既往。这是大家的共同事业，既要对广大的读者和作、译者负责，更要对得起为它牺牲的死者。我们有我们的目标、走向，决不能轻易地改弦另张。重庆是抗战八年留存下来的唯一内地基地，是后援，必须存在。你留守下来，好好工作，我们大家共同努力。”

说实话，那时的土纸书几乎没有人要，大家都盼着早点见到昔日的白报纸精印书籍。渝处得以维持下来，继续在内地为进步的文化事业作出一点贡献，还多亏沪社的大力支持。可惜的是 1950 年奉命结束办事处期间，未能顾及三年多积存下来的他写给我的近二百封信，整整一抽屉，其中多是谈出版社复员期间的种种经过，竟于忙乱中被当作废纸处理掉了。至今让我深感遗憾和歉疚。它们的散失，不单是我个人的损失，而是丢掉了出版社复兴过程中的珍贵史料。其中有几多酸、辛、苦、甜，局外人是无法体会的。往事真不堪回首。

三

留守重庆三年多，为出版社事曾两次来上海，又都是借宿他家。朝夕相见，交谈多多，令我难忘，更感伤怀。恨自己那时少不更事，悔未用笔记下当日种种。而今时过境迁，旧事难寻，加以年老脑衰，往往记忆模糊。晚矣，痛哉！

1947年初秋，正当山城黑云压头、白色恐怖严峻之日，匆匆应召赴沪，商谈出版社业务。这是我第一次踏进“冒险家乐园”十里洋场的上海，真有乡巴佬进城之感，五光十色令人目眩心惊，不知东南西北，陌生极了。记得一天从巨鹿路出版社回到霞飞坊，正逢汪曾祺等人在，汪听说我刚从四川来上海，很佩服我行动是那么的自在。其实他不知道我也是两眼一抹黑，仅仅认识巨鹿路到霞飞坊这条短短的路程而已。到后除了向他汇报了重庆的业务和处境外，并把营救致任出狱经过作了较为详细的补述。说明当时没有照他来函去找何迺仁兄帮忙营救，而是把希望全放在吴先忧大哥身上。实因吴任南林中学校长，该校是川军一唐姓师长创立的，吴受聘请而来乃唐家贵宾，进城办事都住唐公馆内，因而认识同住唐家的一位警备司令部的某军法官，关系较好，更利办事。李致只不过借住沙坪坝某大学宿舍内的一青年学子，因随手带有文化生活出版社的信封而被误捕。通过军法官的关系，没多久就给放出来了，并没花多少钱。要知道我们也出不起钱，都是清贫的文化人。

眼看沪社复员才一年多，在他的主持下就此蒸蒸日上，又崛起于同业中了。令我高兴、佩服。过去大家的辛苦没有白干，前面又充满了希望。文生社在读者和作、译者眼里是素有信誉、独具风格的。

在沪社勾留了一个多月，其间还衔命去台北考察，谋求设办事处，终以财力不够、租屋价昂，无功而返。在台北也是借住在他的老友吴克刚家。吴当时任台湾省图书馆馆长兼台湾大学教授。不久即匆匆返渝。现在回想起来，事幸未成，万一当初办事处建成，继而留阻彼岸与大陆隔绝，后果当不堪设想。“文革”中四哥的罪名当更大了，必死于“四人帮”张春桥等人的毒手之下无疑。万幸！万幸！

1950年春，因解放战争与沪社失掉信息半年有余，2月初忽得朗西哥电，命速赴沪议事。自然这次依旧借住他家了。到后方知他已完全不问出版社事久矣。他知道了我来沪任务是结束重庆处业务后再来上海社工作。料定渝处的结束事宜必大有一番周折。首先告我，母亲和瑞珏姐随来上海的住处，定在他家，以安我心。返渝后经过半年多的忙碌，终于顺利完成任务，让渝处有善始而得善终，在同业和读者中留下好的印象，未负三年前他的重托，我心安矣。

10月初全家老小五口平安抵达上海，四哥亲来码头把母亲和瑞珏姐接往他家。我自带妻女先暂住巨鹿路采臣哥家的一间宿舍内，不几日即迁往桃源路出版社一座石库门宿舍内的底层厢房。一住就是几十年。

四

五十六年里我们同住在一个城市里，虽不是天天见面，除了“文化大革命”前期隔绝了四年外，从未断过往来。话真不知从哪儿说起。记得他初去朝鲜战场后不久，即写给我一信，说对我的从事业余翻译事，一直没有过帮助，很感歉意（因为几年前曾将自己的一部译稿寄他审阅，一直搁置在他那里未作答）。嘱我今后多向清源兄讨教，相互切磋，好好努力。其实我在平明出版社出版的几本俄苏小说无不得到他的关心与鼓励。我的《巴库油田》一书，还劳珊嫂仔细校订过。

1954 年夏文化生活出版社因劳资纠纷提前并入了公私合营的新文艺出版社，我也随企业的社会主义改造被分配在新文艺出版社第二编辑室（即外文编辑室）任编辑。四哥很高兴地对我母亲说：“妈，你不用担心了，纪申已经成为公家出版社的正式编辑了，只要他好好工作，前途有望了。”十二年前是他让我辞去公家银行职务，转业到他主持的私营出版社工作的。这时他像卸下了肩上的一副重担似的，大大松了口气。的确，直到今天退休多年的我，仍未与书断缘，这都与他有着不可分割的关系。

由于工作，由于与他的关系，我认识了不少他的老友、作家与译者，受益匪浅，大长学识。其中有的人后来还成为我的知交、挚友了。四哥素来看重朋友，珍惜友情。在文章里曾时时吐露胸怀说："我常常说我是靠朋友生活的……友情这个东西在我过去的生活里，就像一盏明灯，照亮了我的灵魂的黑暗，使我的生存有了一点点光彩……我的眼眶里至今还积蓄着朋友的泪，我的血管里至今还沸腾着朋友的血，在我的胸膛里跳动的也不是我一个人的孤寂的心，而是许多朋友的温暖的心。"我也有同样的感受，得到过不少朋友（包括他的朋友）的关心和厚爱。我要说，我不单单是从他的作品里，更多从他的实际生活中，耳濡目染地感受到：他跟他的好友们一样有着一颗"金子般的心"，一颗极富同情的厚道的心。"施恩不望报，受施慎勿忘"，"宁可人负我，不愿我负人"。这是他做人的起码准则。往往因之也招来意外的麻烦不说，甚至还受到污蔑与诬陷。"文革"后不久，有次我同瑞珏姐还笑过他说："老兄呀，你未免太温情主义了。"他笑笑，不答一词。

20世纪60年代始正逢天灾、人祸的困苦时期，我先是下放郊区某公社生产队劳动，继又去奉贤县头桥镇参加"四清"工作。每次休假回家，他或珊嫂总要带我去文化俱乐部吃上一餐，改善我的生活。我在头桥镇搞"四清"时，他也在南桥镇总队近处蹲点，与金仲华、赵超构共住一室。我们见面时又多了一个话题。不过，这大段时间里他很忙，任务多。我又常在乡下，相聚之日实在太少。

五

“文化大革命”开始前的紧锣密鼓气氛，已叫人不知所措。“破四旧”开始不久，连我这个普通编辑家里也深感危机重重，黑云压顶了。我爱人胆战心惊地私下把照相本里的萧乾戎装像（二次大战欧洲战场记者）和白杨抗战前期来蓉演戏时送我的便衣与戏装照通通取出，以及相关物件一并烧毁。我事后方知，也难怪她。

1968 年 6 月 20 日在杂技场批斗巴金的电视大会，我是受造反派监视下在单位里收看的。之后即开始接受审查以至隔离进入“羊棚”，还遭受一次公开的批斗会，从此失掉自由。不说与他相见，连信息也无从得知了，还时不时受到外调人员的干扰、呵责。一次上海作协造反派一男一女来单位对我进行申斥逼问，要我在他们写好的材料上打上手印，被我严词拒绝。1969 年春终获解放。这年冬在响应“四个面向”的号召时被分配去东北农村与先去的插队知青一道接受再教育。直到 1973 年春才返沪待命，我们弟兄方得重聚。记得扛着行李回家的次日即急忙赶到武康路去看望。这时珊嫂已去世半年多，他也回家接受审查了。叫我难忘的是我九姐琼如把我拉到一边，拿出一沓照片，把珊嫂逝世时的情景，一一告我。听着听着实在控制不住自己感情，泪水直流，泣不成声了。四哥呢，枯坐一旁，默不作声。我理解他此时的心情，压抑着满腔愤懑与苦痛，心在出血，泪往肚里流。他遭受的苦楚折磨，不论精神和肉体，都远远超过我多倍。什么安慰语全属空话，叫人无法出口。自此每个周日我必去他家看望，也是两个姐姐一再嘱咐。老兄，实在太苦闷寂寞了。

在一起时，我绝口不问有关珊嫂的事，只字不提“文革”中的种种。尽讲在东北农村我的经历和返回原单位的所见所闻。那时我自己也还是个“内控分子”，与所谓革命群众有别。直到六年后读到《怀念萧珊》一文才较详细地了解到珊嫂所遭受到的屈辱和苦楚。这篇文章是一篇充满了血和泪的哀文，累累叫我不忍卒读。友人陈醇（我去东北农村结识的好友）把他朗诵这篇文章的录音磁带送给了四哥。一次在医院病房里播放时，听到一半，不知怎的我感情激动难抑，实在耐不住了，连忙发话停放，建议大家还是谈点别的话题吧。希望能讲点愉快的事，以冲淡或改变这种令人压抑的沉闷氛围，也才有利于他病情的疗养。

六

他终于获得解放了。1977 年 5 月 25 日《文汇报》刊出十年浩劫后他的第一篇短文《一封信》时，竟然震动了大地，人人争告："巴金还活着！"湖北、四川两地有的朋友和读者曾以为他受迫害致死私下还写过悼诗呢。可以说，这是一篇代表全国知识分子遭受"四人帮"残酷迫害的第一声血和泪的控诉文。文章第一段里他就吐出满腔愤懑的真话："张春桥还说过，上海作家协会里没有一个好人。姚文元也在一九六七年的一次报告中点我的名，说我搞无政府主义，打倒一切，排斥一切，仿佛一切无政府思潮，一切无政府状态，连他们搞的在内，都要我负责。"史实证明是些什么人在搞打倒一切、排斥一切的勾当，是些什么人把整个国家搞成无政府状态，使得生产停顿，民不聊生，国民经济沦于崩溃边缘。史实难忘，也不能忘啊！

1977 年冬他应电视台祁鸣之请，邀了劫后幸存的五位老友孔罗荪、王西彦、张乐平、柯灵、师陀会于启封不久的二楼书房，相见甚欢，笑声不绝。斯时我也应召陪坐。重睹旧照，而今唯我独存，能不黯然？

更叫我忘记不了的是二十年前编就了他的《六十年文选》时，心自庆喜。待读到他写的《代跋》中的："为了这个，我准备再到油锅里受一次煎熬，接受读者的严肃的批判。我相信有一天终于弄清楚什么是真，什么是假。我到底说了多少假话。这是个痛苦的事。”我的欣喜之情顿然消失，反而落入一种沉重负疚的感觉中。他重握旧笔再写文章，无一不是在反思历史、反思自己、剖析灵魂以偿还自己的欠债。这样一来我倒真的欠上他一笔债了。使得他那衰老的病体因我而将再“受油锅里的煎熬”。看来我们虽是弟兄，共处了几十年，毕竟处境不同，素养悬殊。我对他的理解还远远不够，不够明白他内心的思虑与苦痛。《法斯特的悲剧》这篇文章就是他自己提醒我收入集内的。他还说：“法斯特的悲剧，其实就是我自己的悲剧。”这话猛击我心。昔日情景又浮现眼帘。我清楚记得就在他家的草坪上，我俩边走边说。我讲读了他批判法斯特的文章的一些感想。他说：“批判法斯特这样的作家，不能简单行事，靠漫骂是不行的。必须用事实说话，以理服人。”他真是一片真诚，因为他自己也是一个作家。岂料那年头早已不容许你讲真话了，不让你有自己的想法。果然，没过几天，他就慌忙地不得不作检讨了。《代跋》的末尾他说得更透彻：“我的悲剧是别人把我当工具，我自己也甘心做工具，而法斯特呢，他是作家，如此而已。”其实法斯特讲的也是他自己的心里话。

1987 年 4 月他在给冰心大姐信中还说：“近来记忆

力又大大衰退，以前读过的书也逐渐忘掉。有时忽发奇想，以为自己可以摘掉知识分子的帽子，空欢喜一阵子。可是想来想去，还不是一场大梦？不管有没有知识，我脸上打上了知识分子的金印，一辈子也洗刷不掉了。可悲的是一提到知识分子，我就仿佛看见我家里的小包弟，它不断地作揖摇尾，结果还是进了解剖室。”读到这样的话，心里真不是滋味。

1983 年 6 月他当选全国政协副主席。早在两个月前，先后有两位高端人物来医院探望，都对他说，两会即将召开，他不再任人大常委，将改任政协副主席。之后我曾笑着对他说：“老兄，你当了全国政协副主席，如果你家门口设置警卫，要填写会客单，那我就只好少来看你了。”他笑了。我知道他素不喜欢官场的一套，只想做一个真诚的作家，为人民服务的普通人。真的，武康路他家门前从没设置过警卫。到 90 年代后期某副委员长在寓所遇刺事件发生后，在他的病房门前廊上才有了个便衣警卫员。这时他也因病长住医院无法回家了。再说来访的熟人也并未受到过阻拦，新世纪的第二年迁入医院南楼病房才改由武警部队值勤，也都是便衣人员守候于病房外廊上，执行才较严格。那也是他大病后体力日趋衰弱，遵医嘱谢客，尽量免去干扰。不过之前几年里，离沪赴杭疗养，那就身不由己了，一切得听当地警卫部门的安排。特别是出游景点时，车队浩荡，警笛长鸣，确叫人十分地不自在，大有感于远离人民大众了。

想起了1987年10月下旬他从成都回来后，一次问起他在川中活动的情况，他颇感歉然地说：“住在金牛宾馆一小院里，有天王作宾偕另一老友来访，我不知道，被下边的人挡回去了，老朋友啊，真对不起。要是你在，就不会发生了。”之后我从部分亲友的来信中，有人就讲出难以见到他的愤慨之词。也曾代他作过一番解释，他是身不由己啊！还把个别人的话转达于他。他也只能苦笑一下而已。

七

在这儿我还要讲几句有关他的朋友的话。的确，他的朋友多多，各式各样，各界的人都有。其中我认识的也不少。由于他的关系，我和我的家人也曾受过其中有的人的厚爱和关怀。特别叫我永铭在心的一位叫张吕千的，笔名谦弟，是他早年的朋友。张曾在黄浦军校当过政治教官，也是个安那其主义的信仰者。抗战开始后携眷返川，在成都主持一家名叫“今日通讯社”的新闻社，在重庆还有个分社。那时他夫妇同毛一波夫妇、卢剑波夫妇合住一幢楼房，通讯社就设在底楼。我常去看望他们，他们也把我视作自己的幼弟看待。我九姐琼如寡居后，经张介绍在旧电信机关谋得一职位，解决了她个人的经济生活，直到解放后，她还能进“革大”学习。听说解放后张去了四川大学任教。在一次运动中受迫害而自杀。多好的人，一个乐于助人的人。应该说，四哥的这些早年的同道朋友，他们从来没向我宣传过他们信仰的主义，是他们各自的主张不同，还是别有原因，我不知道。只自知缺乏主动。回忆那些年里，我如在成都，每逢二月里克鲁泡特金的生日，张家必有不少朋友聚会，吃一顿寿面，张总叫我去参加。根源于我这人素无大志，更缺少革命理想。受孔孟之道影响较深，只想做个无害他人、安分守己的清白正直的普通人。读书人嘛，就应该像颜回那样安于贫。对某些口讲革命理想，遇事往往谋私的人，看不惯，即使是他的朋友，也不引以为敬。也曾对四哥直述胸怀。他呢，总是不置一词。对朋友他都心存宽厚，有时到了忍无可忍的地步，也仅仅发上几句牢骚、激动一时而已。“文革”前期，有位老友为了自己脱身，竟胡说八道写出诬陷的材料，这完全出乎他的意料。虽曾愤激一时，到头来还是原谅了这人，认为他也是受害者。他越到老年越是胸怀坦然，无动于衷了。想到的仅仅是如何回报读者，回报人民，这是令我最服帖、敬佩之处。自知望尘莫及，难以达到他这种忘我、无私的自律至严、自剖至深之精神境界。

没想到唠唠叨叨我竟写下了这么多的话，其实言远未尽，又哪能一纸就道完呢？以后还会有唠叨的时候，现先打住。不由记起他在一篇文章里写的几句话："勇敢些，你要抑制悲痛，不要叫你的精神破碎。我常常以为我们亲爱的人的死会使我们变成更好的人，你的义务去做一切她所喜欢的事，而不是去做任何她所反对的事……"这是他借用马志尼劝赫尔岑的话来劝当年丧偶的马宗融大哥的。现在也正是时候。

别了，四哥，我永远忘记不了的胞兄。我不再用言词哀悼你，你也不喜欢我们这样。你不仅活到过百岁的高寿，还给我们留下一笔珍贵的精神财富。只有"去做一切你所喜欢做的事，不去做那一切你所反对的事"，那你就必然会活在我们的心中。你的箴言多多，我当永远牢记。就此终笔。

2006 年 6 月 24 日脱稿于萦思楼

鲁迅的学生——巴金

巴金一生崇敬鲁迅，视先生为自己学习的榜样、人生道路的师长。尽管认识鲁迅较晚，但先生的作品却很早就影响了他，他是携带着先生著作出川来上海求学的。先生的作品与人品成为他踏进社会的一盏指路明灯，灼灼闪亮在前方。这些都有他自己的文章作证，不用我在这儿饶舌。特别是鲁迅先生晚年对巴金的关注与厚爱更让他终生难忘。他与吴朗西共同主持文化生活出版社时，一开始就得到了先生的大力支持与关怀。先生晚年的著译全由文化生活出版社包办出版。当巴金受到他人攻击时，先生竟挺身而出，带病而文，替三个文学后辈讲上几句公道话。铮铮金声，永垂青史。令人深感遗憾的是这样的一代宗师，竟然只活到五十多岁就因病而去了，作为学生的后辈巴金比他幸运得多，不仅能跨入新社会，还能活过百岁又一。不过要说，巴金这后半世纪活得也不易，真够累的。鲁迅先生在一篇短文里说过这样的话：

“自然赋予人们的不调和还很多，人们自己萎缩堕落退步的也还很多，然而生命决不因此回头。无论什么黑暗来防范思潮，什么悲惨来袭击社会，什么罪恶来亵渎人道，人类渴仰完全的潜力，总是踏了这些蒺藜向前进。”(《热风》之六十五《生命之路》) 巴金尽管喝过一时的“迷魂汤”，说过一些违心的空话、假话，终于踏过“铁蒺藜”向前，十年梦醒。反思历史，反省自己，重新拿起笔陆续写下了讲真话的《随想录》。他在《怀念鲁迅先生》一文中说：“用笔作战不是简单的事情。鲁迅先生给我树立了一个榜样。我仰慕高尔基的英雄‘勇士丹柯’，他掏出燃烧的心，给人们带路，我把这幅图画作为写作的最高境界，这也是从先生那里得到启发的。我勉励自己讲真话，卢梭是我的第一位老师，但是几十年中间用自己燃烧的心给我照亮道路的还是鲁迅先生。我看得很清楚：在他写作和生活是一致的，作家和人是一致的，人品和文品是分不开的。他写的全是讲真话的书。他一生探索真理，追求进步。他勇于解剖社会，更勇于解剖自己。他不怕承认错误，更不怕改正错误。”（见《怀念集》增订本第 239 页）巴金在回忆十年浩劫时还说：“有人把先生奉为神明，有人把他的片语只字当作符咒”；又说，“我没有权利拜神，可我会想到我所接触过的鲁迅先生。”这让我记起了巴金 1979 年 5 月 16 日答复黄源的信里说的话：“说到三五年你为《译文丛刊》请客的事情……我的记忆也可能有错……但傅东华不会在场，这一点我坚持。鲁迅先生在伍实文章发表以后对傅有看法，而且傅当时同生活书店那些人比较接近，我记得你告诉我傅参加生活欢迎邹的会，会上大家唱《欢迎总经理邹先生》的歌，对傅也有不满意。还有那天请客也是为了使鲁迅先生感到轻松愉快，还约了许先生带海婴来，当然你也不会加个傅使他扫兴的。这类细节虽然好像无关紧要，但能弄清楚时最好还是要弄清楚，因为同别的事情关系起来看，有时会产生一些误解的。我看生活请客的做法也不会是听傅的报告后决定的。倘使不通过茅公去约鲁迅先生，先生是不会去新亚的。”（见《我们都是鲁迅的学生》，文汇版第102页）单从这封信就不难看出巴金之认真，记忆力之强，重要的是他能按当时情境来分析事情前后经过种种，更说明他对鲁迅先生为人的了解不是一般的，合乎斯时斯境，真是细致真切。

再说几句有关《鲁迅先生纪念集》的事。这是先生逝世后由黄源和吴朗西经手编辑的，有了清样未及印成。“七七事变”后，爆发了全民抗日战争，黄源已早去家乡探望父病，吴朗西也因战事而返川谋退路了。“八一三”上海战事一起，文化生活出版社业务已停，巴金正全身心投入全民抗日的救亡洪流中，为新创的战时刊物《呐喊》奔波不已。眼看鲁迅先生逝世周年纪念日将到，便从出版社的编辑部存稿中寻找出《纪念集》清样，重新校阅一遍，得冯雪峰的帮助，发印于一印刷厂，于周年纪念当日先行装订十册，亲手送给许广平先生备用。一转眼，这事距今已整整六十九年了。《巴金纪念集》今也在他逝世周年日编印成册，何其巧也乎！先师与后学各耀光辉，永垂文史。

2006 年 10 月 29 日写毕于萦思楼

巴金的编辑生涯

笔者曾在一篇文章里说过这样的话："要是翻开现代文学史看看也真有意思，我们不少前辈作家差不多都做过编编排排的编辑，都跟我们的进步的出版事业有过密切的关系。鲁迅、茅盾、叶圣陶、郑振铎、巴金、靳以……都是这样。他们当中有的人先写作品，后编刊物；有的人先编刊物，后写作品；有的人就是双肩挑，编辑作家兼而任之。看来这不是偶然的巧合，该是职业本身之使然，更具有崇高的意义吧。至于巴金，在这些人当中，似乎显得较为突出一些。他不单是编过刊物、办杂志，还具体领导过一个出版社的工作，主持过两家出版社的编辑业务。"再从他编的刊物选登的作品，推荐新人；他主持的出版社所出版的多种丛书，都在读者群中与文学界产生过令人难忘的影响，不少的人和作品还留存史册，成经典名著。因之，他不仅是闻名世界的大作家，更被视为对中国新文学事业作出过较大贡献的编辑家、出版家。

一

巴金于1928年12月自法返国，次年初即应朋友之邀出任自由书店编辑，并主编一本名叫《自由月刊》的小册子。他回忆说，店主允给月薪八十元，自己觉得个人生活简单，支付半数即可。继在刊物的“说几句开场话”里第一条声明就说：“这刊物是模仿的，不是独创的。老实说一句，我们是看了开明书店的《开明月刊》后，才起了出版个刊物的心意。”第二条声明则说：“这刊物是广告，不是宣传……并不是一定要替自由书店的书籍吹牛骗人去买；我们只是想把这刊物弄得有趣一点，使大家愿意读，然后由此引起大家去买自由书店的书。这只是半文艺半广告的小刊物而已，并无其他野心。”在刊物第二期“编者的话”更说：“《自由月刊》刚刚出版，我便亲自送了一册给《开明月刊》的‘主宰’先生。‘主宰’先生接到这本书，先用锋利的眼光从宽边的眼镜把这本薄薄的小书检查了一遍，然后微笑地用他的纯粹国语说道：‘完全偷开明的，但偷得不像。’我连忙恭而且敬地答道：‘如果偷得太像了，岂不要发生版权问题而吃官司么？’”（见《巴金全集》第十七卷72页和75页）可谓老实人办老实事，说的是真话！不久，自由书店关门，他也就此失业，全靠写作为生了。

1933年的秋末，巴金自沪北上去了天津、北平看望三哥和朋友，这时他已是一个颇富名气的作家了。恰逢友人靳以与前辈郑振铎筹编大型综合杂志《文学季刊》。他名列刊物编辑人，并应靳以之邀住进了北海三座门刊物编辑部，自告奋勇地做了个义务编辑。他热情力荐清华学子万家宝（即曹禺）的剧本《雷雨》，成为文坛佳话。丽尼的散文诗组和荒煤的短篇小说也都经他之手发表在这本刊物上。在此之间巴金不仅得识冰心，更结交了不少文坛新秀，诸如：李健吾、万家宝、萧乾、卞之琳、何其芳、毕奂午……萧乾后来为文回忆："30年代初期，北方知识界（尤其文艺青年）曾十分苦闷。那时侵略者的铁蹄已经踏到了冀东，而掌权者仍不许谈抗战。一些后来当了汉奸的士大夫却在书斋里握笔大谈明清小说，提倡清静无为。1932年鲁迅先生到了北平，那就像暗室里射进一线曙光。1933年从上海又来了巴金和郑振铎两位，死气沉沉的北平文艺界顿时活跃起来。他们通过办刊物（《文学季刊》和《水星》）同青年们交朋友，很幸运，我就是那时开始写作的。"之后，巴金又是继《文学季刊》后来刊行的卞之琳主编的《水星》月刊的编委。多年后卞在《星水微茫忆"水星"》文中回忆当时情境讲得更为具体："当时北平与上海，学院与文坛，两者之间，有一道无形的鸿沟……地域的交通，仅仅是表面的，却也说明了内在或潜在的趋向。我们，至少是我，当时还不知道‘统一战线’这一名词，当然，更想不到今日的‘双百方针’。我们没有拟发刊词，却有一种倾向——团结多数，对外开放，造桥架桥，《文学季刊》先这样办了，也就给它的附属月刊定了调子。”巴金那时年不过三十，血气方刚，一门心思借文学致志于他的理想，以散发自己的青春热力。《季刊》被迫停刊时，他再返北平替主编靳以代写“告别的话”，以吐自己闷郁于心的不快。

1935 年夏，旅居日本的巴金竟在东京日本警察署的拘留所里被审讯拘押了十四个小时，其愤懑心情难以言表。这时忽得老友吴朗西自上海来函，告诉他正与伍禅、丽尼二友商议筹建一出版社，已先发排两书，是仿“岩波文库”型的综合性丛书，定名“文化生活丛刊”，已署“巴金主编”之名，希望他尽快回国主持编务，共襄这个初创的事业。这个被文坛称作“多产作家”的巴金，此时正处于内心矛盾的极度苦闷之中：自己的作品累遭查禁不说，且处处受到外界的多样干扰。面对黑暗恐怖的现实，理想难以实现，眼看民不聊生、文化堕落，单凭自己那支秃笔，徒自呐喊，又有多大用处？如能做点实际工作，在启发民智、宣扬民主、积累文化、提高国民素养等方面，为求知的人民大众服务，该有多好！连忙摒挡一切于 8 月乘船归国，欣然出任了这个“朋友试办”

的出版社总编辑职务，开始了他的新的生活，自此一发而不可止。

二

要知道出版社初建之时，正当半封建半殖民地的旧中国严重受到资本主义世界经济危机的影响，处于经济衰退、商业萧条的年代；又是文化革命统一战线第三个阶段的后期，反动统治阶级不甘心于失败，加重双个“围剿”的岁月；这就使得整个中国人民经受着风雨如磐、民生凋敝、内忧外患两相逼的苦难日子。此时所谓“冒险家的乐园”和“十里洋场”的上海，从外表看去，依然是车水马龙、纸醉金迷、一派繁荣热闹景象，其实骨子里无处不隐含着凄凉悲惨的疮痍，道德濒于沦丧，文化日趋堕落，本已不景气的文化事业，就更加地不景气了。出版商多以赚钱为目的，争相印行市场销路好的媚俗之作，不愿出版那些印数少的严肃的学术、文艺著述，更不用说揭露时弊、弘扬正气的书刊了。这些书刊随时都有遭到查禁和书店被砸的灾险。这自然就给进步的文学创作和文学翻译事业造成了种种阻碍，对生活水平日益降低的广大读者来说也就愈来愈难买到价廉质高的好书，给人以“文化沙漠”行将来临之忧。由巴金撰写的“文化生活丛刊”的广告词正表达了他们办社的宗旨："在闹着知识荒的中国社会里，我们现在来刊行这部'文化生活丛刊'，这工作并不是没有意义的。'没有书读''买不起书'……这样的呼声我们随时可以听到。在欧美有学问的部门已经渐渐普及到了大众中间。在那里我们遇见过少数的劳动者，他们的学识比得上一位中国的大学教授。但是在我们这里学问依旧是特权阶级的专制品，无论是科学、艺术、哲学，只有少数人可以窥见它的门径。一般书贾所看重的自然只是他们个人的赢利，而公立图书馆也只以收集古董自豪，却不肯替贫寒青年作丝毫的打算。多数人的需要就这样地被人忽略了。然而求知的欲望却是无法消灭的。青年们在困苦的环境中苦苦挣扎为知识而奋斗的那种精神，可以使每个有良心的人流下感激之泪。我们是怀着这种心情来从事我们的工作的。我们的能力异常薄弱，我们的野心却不小。我们刊行这部丛刊，是想以长期的努力，建立一个规模宏大的民众文库，把学问从特权阶级那里拿过来送到万人的面前，使每个人只出最低廉的代价，便可以享受到它的利益。至于以我们薄弱的能力能否完成这一宏大的志愿，那就完全靠着读者大众的支持了。本丛刊是真正的万人的文库：以内容精选、定价低廉为第一义，无论著译、编校，均求精审，不限门类，所有各个学艺部门，无不包罗。"这是巴金从事编辑出版工作身体力行的终生志愿，也是履行他说的"把心交给读者"的重诺。

不止此也，这位到任的总编立即相继推出“文学丛刊”“译文丛书”“新时代小说丛书”“现代日本文学丛刊”等各式丛书。特别是前两种，算得诸丛书中最重要的、最具代表性的，也是对中国新文学发展贡献最大、影响深远的丛书。自此，巴金在这个总编辑职位上白尽义务、呕心沥血地整整干了十四个春秋。特别是在最初的两年里，几个志同道合的创办人全是义务劳动，埋头苦干。彼此同心同德，配合得体，相处融洽，大家一门心思共同为这份事业奋斗，辛勤而又欢快，很快就给事业打下了较好的基础。新书涌出，价廉质高，受到广大读者的欢迎，在作、译者眼中赢得了好评，声誉鹊起，事业趋于兴旺。不妨看看这时巴金自己记述他的某一天的生活吧：

> 我在大太阳下面跑了半天的路，登上了五十级楼梯，到了一个地方，刚刚揩了额上的汗珠坐下，你的信就映入我的眼帘。你那陌生而又古怪的笔迹刺着我的眼睛……我又去拆第二封信……我把别的几封信匆忙地读了，同你的信一起放在衣袋里。我和这个地方的人说了几句话，便又匆匆地走下这五十级楼梯，跑到街心去了。刚好前面停着一辆无轨电车，我一口气跑了过去。车子正好开动，我连忙跳了上去。车厢里的人很少，

我占着宽敞的座位，便取出你的信来，仔细地但很费力地读了一遍。……电车到了一个站，我下了车。我半跑半走地到了另一个地方（北四川路），又登上了几十级楼梯，在一个窄小的《文季月刊》编辑室里坐了下来，我开始校对我的一篇稿子……有人来通知说，一个从乡下来的朋友在下面等着见我。我便走了下去，四年分别使我几乎不认识那个年轻朋友了。我们到附近一个咖啡店里去谈了一个钟头……我回到编辑室，看见写字桌上有一封从北方来的信，也是一个不认识的朋友写的……过了一阵，一个电话打来，要我再到先前离开的那个地方去，有人在那里等我。我匆忙地走到无轨电车的站头，无轨电车又把我带到先前来过的地方。我又登了五十级楼梯走到三层楼上。在这里我和不曾约定而无意间碰在一起的几个朋友，谈了将近一个钟头的话。我又回到了一个多钟头前那个地方去……”（引自《我的故事》，见《巴金全集》第十三卷第20-23页）

这时的巴金不单是出版社的总编辑，又与来南的靳以合编由良友图书公司发行的《文季月刊》，因而两处奔跑。为写稿、审稿、编排、校对、发行等工作忙个不停。加以读者来信又多，事必躬亲作复，还要接待各方朋友，这位已经名满全国的大作家，却没有固定的工资，生活就是如此奔忙，恐怕这也是今天的读者难以想象的。毕竟时代不同，显然那是旧中国的时代影子。

可惜好景不长。“七七”事变引发了全民抗战，“八一三”的战火让这个方兴正旺的文艺出版社的业务陷于停顿。朋友们为了应变也只好各奔东西了，就剩下巴金和陆蠡二人。陆坚守社内伺机而动，巴金则全身心投入民族抗日救亡的大洪流中。他代表出版社接受了“文学”“译文”“中流”“文季”四社主持人的委托，与茅盾联手编辑、发行战时上海唯一的文艺刊物《呐喊》(后改名为《烽火》)。在《烽火》的创刊词里他写道：“中华民族开始怒吼了！……这里有炮火，有血，有痛苦，有人类毁灭人类的悲剧；但在这炮火、这血、这痛苦、这悲剧中，就有光明和快乐产生，中华民族自由了！”不止此也，他还必须协助靳以主编的《文丛》月刊的编务与发行。由于原良友发行的《文季月刊》被当局禁了，才另编新刊改由“文生社”出版。在血腥的战火硝烟里，他四处奔波，终于被迫离开上海去广州再逃亡到桂林。在《文丛》的《写给读者（一）》的编后语中叙述了当时的情境：“本期《文丛》付排的时候，编者（靳以）已经动身入川了……但是刊物还不曾付型，大亚湾的炮声就隆隆响了。我每天去印刷局几次催送校样……也只能在10月19日的傍晚取到全部。那时敌骑已经越过增城，第二天的黄昏我们就仓皇地离开广州，第二十一期《烽火》半月刊虽已排竣，可是它没有被制成纸型的幸运，便在21日广州的大火中化为灰烬了……这本小刊物的印成，虽然对抗战的伟业并无什么贡献，但是它也可以作为对敌人暴力的答复：‘我们的文化是任何暴力所不能摧毁的。’”（见《巴金全集》第十七卷第86页）

重返沦为“孤岛”的上海，巴金一边埋头写作，一边仍继续总编之职，与留守的陆蠡紧密配合，不仅续发“文化生活丛刊”“文学丛刊”“译文丛书”等丛书的多种书籍，再新编“烽火小丛书”“文季丛书”“文学小丛刊”等。终因时局日趋恶劣，为了事业的发展，他又重赴内地。舟车辗转，于1941年冬到了战时的陪都重庆，与老友吴朗西重晤，共商社务。先后在桂、渝、蓉三地设置了总处及办事处，大力展开业务。叶圣陶老人还以诗表贺云：“艺林声誉良非虚，英华谁不识璠玙。共指文化生活社，巴金著作曹禺书。”巴金除重印并加发原各丛书的书稿外，又推出“烽火文丛”、《契诃夫戏剧集》、“剧作家选集丛书”中的《丁西林戏剧集》《曹禺戏剧集》《袁俊戏剧集》《林柯戏剧集》《李健吾戏剧集》等。并将原“新时代长篇小说丛书”改名“现代长篇小说丛书”，收纳了老舍、沙汀、靳以、骆宾基、田涛、师陀等人的长篇。战时内地的艰苦生活且不去说，因战事累累失利，出版社连遭厄难，蒙受的损失可不小，身为总编加管全部业务的巴金总是默默无言、充满信心地竭力以赴。在写给朋友的信中还说："对战局我始终抱乐观态度，我相信我们民族的力量，我相信正义的胜利。在目前每个人应该站在自己的岗位上努力，最好少抱怨，多做事，少取巧，多吃苦。"又说，"从事文化建设工作要有水滴石穿、十年如一日的决心。"抗战终于胜利了，出版社也复员上海了。为了这份事业，为了因事业而死在敌人魔爪下的好友陆蠡，更为了曾经大力支持的先辈和众多的作、译者，以及广大的读者群众，他不但坚守在总编辑的岗位上，还负担起总经理的职责，独力撑起这座"破厦"，再次用自己的出版物，享誉于读者群与一同复员的新同业中。他依然如故、孜孜不倦、任劳任怨地工作着。直到新中国成立后的这年年底，才把这份几经苦难、战后再度复兴的事业，无愧又无私地移交给老友之手。

三

综观巴金在任总编辑的十四年中，计编发的各类丛刊、丛书、专集、选集共二十四种，两百多个品名，外加三份期刊，无不经他之手问世。组稿、审稿、编稿、改稿、发排、校对，甚至补书（内地印行的土纸书），以及深入印刷厂车间找工友商助。他不以为累，还自得其乐地说："因为人活着需要多做工作，需要散发、消耗自己的能力。我一生保持着这样一个信念：生命的意义在于付出，在于给予，而不是在于接受，也不在于争取。所以补书的工作我也感兴趣。能够拿几本新出的书送给朋友，献给读者，我认为是莫大的快乐。”

就以“文学丛刊”为例吧，这是他上任之初的第一把火。在北平协助靳以编《文学季刊》时，这位有心人就编选过十本书稿交给立达书局，而书局迟迟不发印，压在手中。这时巴金进入自己人创建的出版社，全权主持编务，立即向书局索还书稿，改组重编，扩充内容，加约新稿。更得到鲁迅的大力支持。后来回忆往事时，他说：“我当时不过一个青年作家。我第一次编辑一套‘文学丛刊’，见到先生向他约稿，他一口答应，过两天就叫人带口信，让我把他正在写的短篇集《故事新编》收进去。‘丛刊’第一集编成，出版社登个广告介绍内容，最后附上一句：全书春节前出齐。先生很快就把稿子送来了，他对人说，他们要赶时间，我不能耽误他们（大意）。”在替这个“丛刊”写说明时，再一次言简意赅地向读者宣说自己编书的意图：“我们既不敢扛起第一流作家的招牌欺骗读者，也没有胆量出一套国语范本。我们这部小小丛刊虽然包括文学的各部门，但是作者既非金字招牌的名家，编者也不是文坛上的闻人。不过我们可以给读者担保的，就是这丛刊里面没有一本是使读者读了一遍就不要再读的书。而且我们也力求低廉，使贫寒的读者都可以购买。我们不侈谈文化，也不想赚钱。然而，我们的‘文学丛刊’却也有四大特色：编选谨严，内容充实，印刷精良，定价低廉。”丛刊自 1935 年始至 1948 年止，十三年间先后印行了十集。每集十六册，十集共一百六十册。一百六十本各种文学形式，收纳了八十六位作家的作品。这一大群作家分散在每一集里，既有文坛老将，又多后进新人。如第一集内，带头的是前辈鲁迅、茅盾、郑振铎的作品，继以当时名家沈从文、巴金、鲁彦、张天翼的新篇，加纳初露头角的艾芜、曹禺、丽尼、萧军、何谷天（即周文）、卞之琳等新秀的处女作殿后，展示了老、中、青三代的光辉。集集如此。前波后浪，相互推进，细流汇成江河，汹涌奔腾，日积月累，蔚然壮观。不少新星后成大家，人与作品永载史册。显现出主编人的宏观与苦思。且八十六位作者并非局限一隅，或全系某一学会与社团的成员。而是集南北作家，京海两派于一堂。既有共产党员，又多左翼阵线之士、进步学者；加上浴血前方的战士，后方的莘莘学子，包括教授、专家、职工，内中没有一个反动统治者的御用文人，形成一支包罗各方的文艺劲军，既符合鲁迅先生的意愿，更及时地体现了抗日统一战线的精神。

再看“译文丛书”，是在鲁迅亲自关怀下推出的另一大型丛书。筹划这样的丛书，原是鲁迅的梦想和夙愿。早在 1934 年 12 月 6 日先生写给孟十还的信中就说：“这十年来中，设译社、编丛书的事情，做过四五回，先前比现在还要‘笔富力强’，真是拼命地做，然而结果不但不好，还弄得焦头烂额。”（见《鲁迅全集》1981 年人文版第十二卷第 582 页）这套丛书先是出版社聘请黄源负责编辑，以鲁迅译的俄罗斯文豪果戈理的代表作《死魂灵》打头炮，继以茅盾译的弱小民族的文学作品集《桃园》问世。年后黄源返乡，改由巴金主持。头两种不同类型的译品，都出名家笔下，不单奠定了丛书的坚实基础，更表明了丛书今后的编译方向。继孟十还译的果戈理《密尔格拉得》之后，又印行了胡风转译于日文的台湾和朝鲜作家的短篇集《山灵》，更引起了读书界的注意。在当时的历史条件下印行这样的作品是寓有较大的社会意义的。此后“丛书”中陆续出版的世界文坛各个国家的古典和现代名家的名著，受到了广大读者的欢迎，引起了出版人士的瞩目。综观这套“丛书”，19 世纪俄罗斯文学作品占了醒目的地位，自普希金以迄高尔基的各个时期的文学大师的佳著差不多均有译介。其中少则一部，多达九部。如屠格涅夫不但有六大长篇小说、中篇《春潮》，还包含散文巨著《猎人日记》和回忆录。加上有“俄罗斯良心”之称的列夫·托尔斯泰的三大长篇名著，普希金的三本小说，冈察洛夫的《悬崖》和《一个平凡的故事》，陀思妥耶夫斯基的《穷人》，库普林的《亚玛》，高尔基的《阿布洛夫一家》等。而欧美文学：

法国有福楼拜、司汤达、莫泊桑、罗逖、梅里美、左拉、纪德；英国有莎士比亚、狄更斯、勃朗特、王尔德、萧伯纳；德国有雷马克、洛克尔等；美国有杰克·伦敦；远至希腊名剧和神话。真可谓琳琅满目，百花齐放。不少作家还以选集方式作重点介绍，意在将世界文学宝藏有重点、有选择、有计划、系统地展示在中国读者眼前，并为新文学作家扩大视域以作借鉴。规模与内容可与“文学丛刊”媲美，相得益彰，进而培育不少文学翻译人才。既壮大了文学队伍，又开拓了文学阵地，为出版事业增添光彩。

复员上海的巴金独担重任，再加编《水星丛书》，收何其芳、萧乾、严辰等新作，又以《西窗小书》命名、专选欧美现代文学精品，除纳入卞之琳原译介的纪德名著外，新收英人依修午德的《紫罗兰姑娘》和法之阿拉贡作品《阿尔道夫》。旧作再印，新品不断，出版社再现光芒，重享盛誉于图书界。

上海解放了，巴金重归作家队列。他开始忙了起来，社会活动多了。1949 年 9 月 20 日寄自北京的家书里还说过这样的话：“……事实上对文生社我以后也无法尽力……十本书的版税小康不主张补发，我已去信表示不坚持，只要他们能负起这责任就好。对文生社前途我颇悲观，我也预备放弃了。本来在这时候我们应有新的计划，出点新书……以后不知怎样才好，实在可惜。”不久他终于辞去总编之职。

卸脱文生社职务的巴金，并不轻松，他又不得不应新创建的平明出版社之邀去任总编。依旧白尽义务。反正自己尚有稿费收入，生活不成问题。这家新出版社在他的主持下，又以“新译文丛书”和“文学译林”等几种丛书而闻名于世。诸如：《契诃夫小说选集》二十七卷的汝龙译本，傅雷夫妇译介的《小癞子》和《约翰·克利斯朵夫》（重译本），以及巴尔扎克的几本“人间喜剧”都是脍炙人口的好书，且不去说几十种现代欧美亚诸国的名家名著：法斯特、亚玛多……无法一一列举。《梅兰芳和舞台生活四十年》更是一部艺人新传、引人注目的新书。可谓新出版社又以新出版物耀眼于新社会，获得广大读者的喜爱。

四

就前文所述，不妨来看看巴金又是怎样贯彻自己主张、如何进行自己工作去实现自己重诺的。他说：“我过去搞出版社、编丛书，就依靠两种人：作家和读者。得罪了作家拿不到稿子；读者不买我编的书，我就无法编下去。我不怕失业，因为这是义务劳动。不过，不能把一项工作做好，有关一个人的信用。我生活在‘个人奋斗’的时代，不能不无休止地奋斗。而搞好作家和读者的关系也是我的奋斗目标之一，因此我常常开玩笑说：'作家和读者是我的衣食父母。'我口里这么说，心里也是这么想，工作的时候我一直记着这两种人。"他一开始主编丛刊就得到鲁迅、茅盾的支持。鲁迅晚年的著译全都交给了他主持的出版社，还向旁人推荐说："巴金工作比别人认真。"巴金一向崇敬鲁迅，素以先生的言行为榜样。他认为："文学艺术是集体的事业，这个事业的发展和繁荣，与每一个文学工作者都有关系，大家都有责任。编辑要是不能发现新的作家，不能团结好的作家，他的工作就不会有成绩。"还说，"好作品喜欢和好文章排列在一起，这也是所谓'物以类聚'吧。刊物选择作家，作家也挑选刊物。""尽管我服务的那个出版社并不能提供优厚的条件，可是我仍然得到各方面的支持。"因之他主持的出版社从来不感到缺稿不说，还曾伸出慷慨信义之手支援他人。萧乾怀念在上海与巴金交往最密切的 1936 到 1937 年时说："那是很热闹的两年，我们常常在大东茶室聚会……我们议论各个刊物的问题，还交换稿件。鲁迅先生直接（指《译文》）或间接给这些刊物支持……我们的刊物都敞开大门，但决不让南京王平陵之流伸进腿来。那时上海小报上，真是文坛花絮满天飞，但我们必不在自己刊物上搞不利于团结的小动作，包括对某些谗言加以反击。"可以看出巴金他们那时如何克服党派与宗派势力之外、超越流派与社团的局限，自然而然地追随于鲁迅左右形成了另一股新的力量。萧乾更深情地回忆说：“巴金不仅自己写，自己译，也要促使别人写和译，为了给别人创造写、译的机会与条件，他可以少写，甚至不写。”并举自己为例说巴金如何鼓励他写和译，不辞劳苦花时间替他代编作品集。其实又何止萧一人。巴金替早逝的女作家罗淑编选过三本集子，从广州逃亡到桂林后还替艾芜编《逃荒》，并在后记里写道：“在这时候我们需要自己人写的东西，不仅因为那是我们自己的语言写的，而且闪耀着我们的灵魂，贯串着我们的爱憎……读着这样的文章会使我们做一个中国人——一个真正的中国人。”替毕奂午、艾青编过集子，更认真地替从来未见过面的、素不相识的青年作家田涛和郑定文编选集子，收入他主编的“文学丛刊”中，他不但全力支援过赵家璧主持的良友和后来的晨光图书公司，在重庆时还替冰心编集子给予开明书店出版。黄裳的《锦帆集》就是经他之手介绍给中华书局的。

就这样，作为编者的巴金毫无私心地把优秀的新人新著推荐给读者，以累累佳著为祖国民族文化积累添上一份重礼。几十年后荒煤同志在《我认识的巴金老人》文中还说：“从三十年代到四十年代巴金主编的‘文学丛刊’大约出了百多种文体作品，团结作家面很广，也有不少共产党员和左翼作家。这套‘丛刊’实际展示三十年代开始了一个创作繁荣的新时代，这是文学史上异常光辉的一页，任何人也无法抹杀的！”（1994年江苏文艺版《冬去春来》）同样在“译文丛书”以及后来替平明出版社主编的“新译文丛书”“文学译林”等丛书里也是这样。丽尼在1950年写给笔者的信中就指出过：“文生走古典名著的路，是应该的，主观上有这种能力，客观上也符合广大读者和政府方面的希望。但是要好好组织稿件非老巴不可。以为拉几本译稿不成问题，那是大错……有真正好的译稿，不十分好的也带着好了。文生的译稿并不是本本都理想，但因好的较多，所以给读者的印象不同。别的书店何尝没有出古典名著？只因多数平庸，所以不能建立信誉。”（见《巴金与文化生活出版社》）因之至今尚有人为文怀念《巴金那派翻译家》的一丝不苟的优良译风。要知道巴金那时约稿都是十分慎重而有所选择的，至于审稿，为了保证质量，对读者负责，往往不惜辛劳核对着原著修改译文。限于篇幅就不再举例以证了。（不妨参阅拙著《巴金译事的袅袅余音》一文）为了我国的文化事业，“文化大革命”后，他的《随想录（之三）》还在呼吁“多印几本西方名著”呢！

五

新中国成立后，上海市文联、市作协主办的《文艺新地》《文艺月报》《上海文学》等新刊，巴金也曾任过一阵子的主编，多系挂名，另有专职主编主持。1957年与老友靳以再度合作主编大型刊物《收获》，仍是靳以为主。“文革”后1979年复刊的《收获》，仍任主编，却已无暇主持具体编务了，不过每在关键时刻，他敢于不顾风险，仗义执言，让不少优秀佳作脱离困境面市，使一些新秀有机扬眉，显露才华，已有他人为文详述，恕不再赘。

最后还是让我引用巴金自己的话来结束本文吧：“过去的事已经过去了。回过头去，倘使能够从头再走一遍几十年的生活道路，我也愿意，而且一定要认真地、踏实地举步向前。几十年的经验使我懂得多想到别人，少想到自己，便可以少犯错误。我本来可以做一个较好的编辑，但是已经迟了。然而我对文艺编辑出版工作还是有感情的。我羡慕今天还在这个岗位上勤奋工作的同志，他们编辑出版的书受到广泛的欢迎，一版就是几万、几十万册。寒风吹得木屋颤摇、在一盏煤油灯下看校样的日子永远不会再来了！丢掉全部书物仓皇逃命的日子永远不会再来了！他们不可能懂得我过去的甘苦，也不需要懂得我过去的甘苦。我们那个时代已经结束了。现在是高速度的时代。三十年不过一瞬间。一家出版社度过三十年并不难，只是在一切都在飞奔的时代中再要顺利地度过三十年就不太容易了。现在不是多听好话的时候。‘建设社会主义精神文明’和‘振兴中华’的两面大旗在我们头上迎风飘扬，但是真正鼓舞人们奋勇前进的并不是标语口号，而是充实的、具体的内容。没有过去的文化积累，没有新的文化积累，没有出色的学术著作，没有优秀的文学作品，所有‘精神文明’只是一句空话。要提供与‘社会主义精神文明’相适应的充实的内容，出版工作者也有一部分的责任。我相信他们今后会满足人民群众更大的希望和更高的要求。庆祝三十岁生日，总结三十年的工作经验，不用说是为了增加信心，做好工作。我写不出贺词，只好借用去年七月中说过的话表示自己的心情：对编辑同志，对那些默默无闻辛勤劳动工作的人，除了表示极大的敬意外，我没有别的话可说了。”（引自《巴金全集》第十六卷《上海文艺出版社三十年》）

2007 年 5 月 20 日脱稿

6 月 18 日重定于萦思楼

11 月再作修订